Marieluise Schatten

Wir Kinder
der Zwanzigerjahre

Herstellung und Verlag:
Books on Demand GmbH, Norderstedt

ISBN 9-783839-111871

Wir Kinder der Zwanzigerjahre

1

Die Vergangenheit steht wie ein Spiegelbild vor mir. Sie ist lebendig geworden, seit ich meine Gedanken auf die Reise zurück in die Vergangenheit, in die Zwanzigerjahre schickte. Fast neunzig Jahre sind seitdem vergangen, liegen zwischen damals und heute.

»Ja früher, damals, war alles anders. Ach, was waren das für gute Zeiten!« So hört man es heute noch oftmals von Leuten sagen, die diese sogenannte »gute Zeit« miterlebt haben oder nur vom Hörensagen kennen. Sicher war früher vieles anders, es gab auch manch Gutes, aber war wirklich alles gut oder gar besser als heute? Waren die Zwanzigerjahre wirklich die »gute, alte Zeit«?

Es waren die Jahre nach dem verlorenen Ersten Weltkrieg, der seine Spuren hinterließ. Noch sind die Gebiete entlang des linken Rheinufers, so auch Worms, von den Franzosen besetzt. Durch tägliche Aufmärsche der Soldaten mit ihrem flotten Marschschritt demonstrieren sie ihre Macht.

Es war die Zeit der Inflation, der Geldentwertung, in der das Geld von einem auf den anderen Tag verfiel. Geldscheine, auf denen Unsummen von Geldbeträgen aufgedruckt waren, sind wenige Stunden später wertlos. So mancher Bürger tapezierte in dieser Zeit seine Wände damit, meistens die Klos, die in Miethäusern im Treppenhaus zwischen den Etagen lagen.

Am schlimmsten hatte die Arbeitslosigkeit der Zwanzigerjahre die Bürger getroffen. Oftmals reichte das kleine Einkommen oder die spärliche Unterstützung gerade um zu überleben. Wenn man sich Fotos aus dieser Zeit ansieht, fällt einem auf, dass die Menschen bescheiden wirken und ihre Gesichter ernst sind. Sie boten der Zeit die Stirn. Ihr Stolz, ihre Sparsamkeit, ihr Arbeitseifer, trotz vieler Widerwärtigkeiten, ließen sie diese Zeit meistern und gaben ihr den Ruf der »guten, alten Zeit«, den sie heute noch hat. Generationen nachfolgender Jahre werden auch noch von ihr reden.

Trotz des verlorenen Krieges ließen sich die Deutschen nicht unterkriegen. Sie wollten eine »richtige, gültige« Nationalhymne haben. Und ... sie haben es geschafft! Von dem ersten Reichspräsidenten, Friedrich Ebert, wurde am 11. August 1922 das *Deutschlandlied* mit seinen drei Strophen zur Nationalhymne erhoben. Die Bürger summten die Melodie vor sich hin oder sangen lauthals: »Deutschland, Deutschland über alles«. Auch das waren die Zwanzigerjahre.

2

Beim Blick zurück ist es gut, dass die Vergangenheit oft von einem Schleier umhüllt ist, durch den man nicht mehr alles so klar sehen kann. Wenn man dann noch beim Zurückblicken die rosarote Brille aufsetzt, durch die alles in ein wunderbares Licht getaucht wird, hat man schöne Erinnerungen an die »gute, alte Zeit«.

Wir Kinder der Zwanzigerjahre spüren nichts von all dem, was unsere Eltern belastet und bedrückt. Wir waren unbeschwert, so wie eben Kinder sind. Selbst wenn es an manchen Dingen mangelte, vermissten wir nichts. Wir kannten es nicht anders. Von guten oder schlechten Zeiten hatten wir keine Ahnung, waren bescheiden in unseren Ansprüchen. Mit unseren wenigen Spielsachen waren wir glücklich und zufrieden.

So manches hat sich im Laufe der fast neunzig Jahre verändert, hat sich im Wandel der Zeit nicht mehr halten können. Doch vieles ist, wenn auch in einer anderen Form, geblieben: das Spielen, das Zur-Schule-Gehen, das Erwachsenwerden, das erste Verliebtsein! Auch das Geborenwerden ist gleich geblieben, nur die Umstände, das Drumherum, haben sich gewandelt.

Die umständlichen Geburten der Zwanzigerjahre

Wir Kinder der Zwanzigerjahre erblickten, mit vielleicht ein paar Ausnahmen, im Schlafzimmer der Eltern das Licht der Welt. Unsere Geburtsstätte war das Ehebett. Mir wurde erzählt, dass ich mit zweieinhalb Pfund »Lebendgewicht« geboren wurde. Da ich ein Winzling war, sah man meiner Mutter das Ende der Schwangerschaft nicht an. Deshalb waren für die obligatorische Hausgeburt auch keine Vorbereitungen getroffen. Mein Vater erzählte mir später, dass er an jenem denkwürdigen 23. November 1920, an meinem Geburtstag, unter vielen Umständen und mit großer Mühe in der damals »schlechten« Zeit ein Kanonenöfchen besorgen konnte. Das wurde im Elternschlafzimmer, meinem Geburtssaal, aufgestellt, als die Wehen bereits begonnen hatten. Mit dem Ofenrohr hatte mein Vater seine große Not; der Abzug funktionierte nicht. Der Rauch der Briketts, die er im Ofen anfeuerte, zog nicht ab. Der Qualm verbreitete sich im Raum, sodass das Fenster weit geöffnet werden musste, damit der Rauch, der die Augen mit Tränen füllt und das Atmen schwer macht, abziehen konnte.

So kam ich – wie viele Kinder der Zwanzigerjahre – unter diesen Umständen, bei nasskaltem Novemberwetter zur Welt. Es muss ein zu Tränen rührender Prozess gewesen sein, meine Geburt: meine Mutter, durch die Geburtswehen schweißgebadet, vor Kälte zitternd, ich lauthals schreiend, Mutter, Vater und Hebamme mit tränenerfülltem Blick. Auch wenn alle drei weinten: Ich wurde ein fröhlicher Mensch. Den Winzling sieht man mir schon lange nicht mehr an.

3

Ja, da lag nun so ein Häuflein Mensch, das man heute Frühchen nennt. Von einem Brutkasten für Frühgeburten oder für untergewichtige Neugeborene war damals noch keine Rede. Also mussten sich die Eltern etwas einfallen lassen. Im Nachhinein weiß ich, warum man früher sagte, man sei in »anderen Umständen«. Es waren aber auch Umstände, die eine Geburt in der guten, alten Zeit mit sich brachte. Heute ist man nicht mehr in anderen Umständen, heute heißt es, man ist schwanger. Man darf auch sein Bäuchlein zeigen, kann stolz auf eine Schwangerschaft sein. Das wäre in den Zwanzigerjahren und bis in die Fünfziger-, Sechzigerjahre nicht möglich gewesen. Mit weiter Kleidung versuchte man die anderen Umstände zu verdecken und ein Geheimnis aus der Schwangerschaft zu machen. Und Hausgeburten sind fast aus der Mode gekommen. Setzen die Wehen ein, schnell mit dem Auto in die Entbindungsstation des Krankenhauses. Dort bringt man dann im Kreißsaal, ohne die leidlichen Umstände, das Kind zur Welt. Für Frühchen stehen Brutkästen zur Verfügung, der Arzt und die Hebamme sind in Reichweite. Welch ein Fortschritt!

Was ich jetzt weiter erzähle, habe ich zwar, wie so manches Neugeborene in den Zwanzigerjahren, miterlebt, aber als Säugling nicht wahrnehmen können. Alles, was vor der Zeit unseres Denkvermögens geschieht, kennen wir nur aus den Erzählungen der Erwachsenen, unserer Eltern und

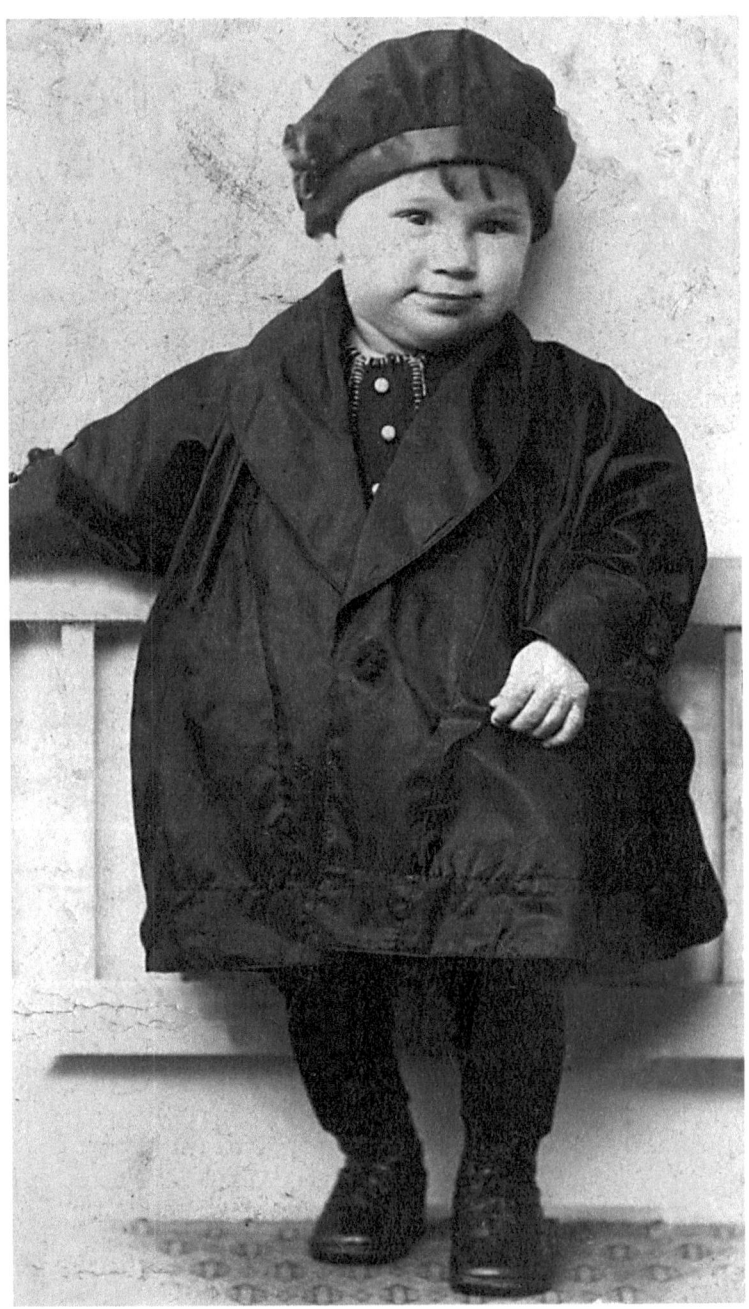

Großeltern. Die erste Zeit meines Lebens verbrachte ich abwechselnd in der warmen Stube hinter dem Ofen und im Bett meiner Mutter. Mein Stubenwagen war ein kleines Weidenkörbchen, das mit Federkissen ausgepolstert war, in denen ich fast versank und kaum zu finden war. Der Stammplatz dieses Wiegenersatzes befand sich auf einem Hocker unterhalb des gebogenen Ofenrohrs zwischen Öfchen und Wand. Nachts nahm mich meine Mutter mit in ihr Bett, wickelte mich in ihr Nachthemd ein, damit ich warm steckte. Dass ich so eng mit ihr verbunden war, hatte noch einen weiteren Vorteil: Die »Milchquelle« war nah und da ich wegen meines Minigewichtes Tag und Nacht gestillt werden musste, war das eine prima Sache. Eine geregelte Stillzeit gab's für mich nicht. Ich war mit meinen zweieinhalb Pfund zu schwach, um meinen Hunger auf einmal stillen zu können. Doch nach ein paar Monaten sah man mir mein Untergewicht, das ich bei der Geburt auf die Waage brachte, nicht mehr an. Mit einem Jahr war ich zwar ein kleines, aber pralles Kerlchen, was man auf dem Foto, das meine Eltern anlässlich meines ersten Geburtstags machen ließen, sehen kann.

Apropos Fotografie: Einen Fotoapparat hatte in den Zwanzigerjahren privat kaum jemand. Man suchte einen Fotografen auf, wenn man aus irgendeinem Grund ein Foto brauchte oder ein Erinnerungsbild haben wollte. Es war eine zeitaufwändige Prozedur. War das Fotomodell mit viel Drumherum wunderbar zurecht gemacht, in die richtige Position gebracht, verschwand der Fotograf unter einem schwarzen Tuch hinter der Kamera, die auf einem Stativ stand.

Spielendes Kind in der Judengasse.

Oft wiederholte sich dieses Getue mehrmals, bis Mimik und Haltung stimmten. Dann war ein befreiendes »Klick« zu hören.

Was ist das Fotografieren seit damals doch so einfach geworden! In fast jeder Familie ist eine Kamera vorhanden. Man kann knipsen, so viel man will, kann sich die Bilder gleich anschauen. Bei Nichtgefallen einfach löschen! Oder man nimmt den Werdegang eines Kindes, angefangen bei der Geburt, weiter mit der Kindheit, der Jugendzeit bis ins hohe Alter, mit der Filmkamera auf. Wieder ein großer Fortschritt!

4

Mit was spielten wir als Kleinkind eigentlich?
Unser Spielzeug waren selbst genähte Puppen und quietschende Gummifiguren, auf denen man so schön herumbeißen konnte. Wir versuchten Holzklötzchen, die manchmal bunt lackiert oder mit Kinderbildern bedrucktem Glanzpapier beklebt waren, aufeinanderzutürmen, so wie es die Kleinen heute noch tun. Da wir ja nicht in ein Laufställchen, was zu der Zeit nicht in Mode war, gesperrt wurden, krabbelten wir auf dem Boden herum, versuchten Schubladen aufzuziehen und auszuräumen. Da gab es viel Interessantes zu entdecken. Sobald wir einigermaßen auf

den Beinen stehen konnten, hängten wir uns an den Rockzipfel unserer Mutter, die uns überall mit hinschleppte. Ich kann mich nicht daran erinnern, ob es in den Zwanzigerjahren Kindergärten gab. Wenn ja, dann nicht in der heutigen Form. Es war auch nicht an der Tagesordnung, als Frau arbeiten zu gehen, besonders nicht, wenn Kinder da waren.

Es ist ganz seltsam, dass wir über das, was vor unserem selbstständigen Denken geschah, genau Bescheid wissen, wie es sich zugetragen hat. Wir wissen über den Ablauf unserer Geburt Bescheid, kennen die Umstände, wissen, wie sich damals alles abgespielt hat. Nicht nur, dass wir das später, weil wir es oft genug gehört haben, nacherzählen können; wir haben auch die passenden Bilder dazu. Die machen wir uns selbst, haben sie vor Augen. In unserem Kopf läuft ein Film ab, in dem alle Einzelheiten festgehalten sind. Das Gedächtnis wandelt die Erzählungen zu Bildern um, macht sie für uns sichtbar. So behalten wir sie, so lange wir denken können, gespeichert in Erinnerung, auch ohne dicke Fotoalben.

Mein Spielplatz, der Hof der Sektkellerei Guntrum
Doch an das, was ich jetzt weiter schreibe, kann ich mich selbst erinnern. Meine Eltern hatten die Parterrewohnung im Haus der Sektkellerei Guntrum gemietet, deren Anwesen in der Alzeyer Straße, gleich hinter der Brücke, die über die Bahn führt, stand. Zur Sektkellerei gehörte ein riesengroßer Hof, in dem ich, abgeschirmt vom Straßenverkehr, spielen durfte. Zwischen den großen, mit Pflanzen und farbenfrohen Blumen bepflanzten Kübeln fuhr ich im Puppenwagen meinen Peter aus. Es war für mich wie ein Spaziergang in

einem Park. Mein heiß geliebter Peter war aus braunem, glattem Leder, das schon einige Gebrauchsspuren zeigte. Sein Leib sah etwas zerknittert aus. Wie ich später feststellte, war sein Innenleben Holzwolle. Durch Nähte am Rumpf, die einen Knick verursachten, entstanden Arme und Beine, die beweglich waren und herumschlenkerten. Hände und Füße waren die jeweils abgerundeten Enden. Ein Schulterstück mit Hals und Kopf aus Zelluloid war auf den Rumpf aufgenäht. Mit einem festen Zwirn wurde es durch die vorhandenen Löcher am Körper befestigt. Mein Peter war kein weiches Kuschelpüppchen, aber dass ich meinen Peter lieb hatte und ihn oft an mich drückte, sah man an dem zerknitterten Leder.

5

Im hinteren Teil des Hofes standen Holzkisten mit leeren Flaschen, dahinter konnte man Verstecken spielen. Da durfte auch mein Peter mitspielen, denn er war schlank, beweglich und robust. Ich versteckte ihn zwischen den Flaschen und suchte ihn dann wieder. So einfach war das!

Überhaupt spielte der Puppenwagen bei den Mädchen in den Zwanzigerjahren und darüber hinaus eine große Rolle. Was waren wir stolz auf unsere Puppenwagen, die aber auch wahre Kunstwerke waren. Was haben wir, als fürsorgende Mütter, unsere Puppenkinder in diesen, fein herausgeputzten Wägen ausgefahren! Sie lagen auf bestickten Kissen, und die passenden Wagendeckchen konnte man mit Lochgummi oder einer Gummischlaufe am Wagen befestigen. Die Stifte zum Einhängen waren am Kasten des Puppenwagens angebracht.

Wie sah so ein Puppenwagen der Zwanzigerjahre aus?
Er bestand aus einem kunstvoll geschwungenen, weiß lackierten Untergestell mit enorm großen Rädern, auf das ein Kasten aus Holz, schön bemalt, montiert war. Die feinere Variante war ein Oberteil aus Kunststoff, das an den Seiten Ausbuchtungen als Verzierung hatte und in verschiedenen Farben mit Lack gestrichen war. Das sah elegant aus und man konnte damit »glänzen«! Das Verdeck hatte drei Metallbügel, die mit Wachstuch überzogen waren, in der Farbe passend zum Kasten. Es war ein Klappverdeck, das mittels Feststeller auf verschiedene Einstellungen reagierte. Damit am Verdeck an den Ecken der Bügel das Wachstuch nicht durchscheuerte, wurden Schutzecken aus weichem Metall aufgesetzt und durch vorhandene Löcher festgenäht. Zum Schieben des Wagens waren zwei gebogene Metallbügel, die silbrig glänzten, am Kasten angebracht. Die Schiebestange dazwischen war entweder aus gedrechseltem Holz oder aus weißem Porzellan. Auch für mich war mein Puppenwagen mein ganzer Stolz!

14 Mit drei Jahren wagte ich meinen ersten Ausflug in die große, weite Welt. Ich durfte aus dem Hof der Sektkellerei, der für mich seither die große, weite Welt bedeutete, hinaus auf die

Straße. Obwohl in den Zwanzigerjahren ab und zu mal ein Pferdefuhrwerk, ganz selten ein Auto, durch die Alzeyer Straße fuhr, musste ich Mutti versprechen, auf dem Trottoir zu bleiben und nicht über die Straße zur anderen Seite zu gehen. Dass wir auch als Kinder Trottoir sagten, war ganz normal.

Wenn es das Wetter erlaubte, fuhr ich meine Annemarie im himmelblauen Puppenwagen mit ebensolchem Klappverdeck spazieren. Sie wurde dann fein gemacht, bekam die Ausfahrgarnitur an, die ich als Baby trug. Sie passte vorzüglich, weil ich ja auch nur so ein kleines »Püppchen« war.

Es ist mir heute noch ein Rätsel, warum ich bei meiner ersten Ausfahrt außerhalb des Hofes der Sektkellerei die Richtung zur Alzeyer Brücke hin wählte. Ob es das Geräusch der fahrenden Züge war, das mich neugierig gemacht hat? Jedenfalls war und blieb die Strecke vom Anwesen Guntrum über die Brücke bis zum ersten Haus über der Bahnlinie mein Spazierweg. Die älteren Wormser wissen, dass in diesem Haus das Lokal »Mainzer Rad« war. Zur Gaststube führten ein paar Stufen. Der Wirt stand öfters an seiner offenen Tür. Er sah mit seinem Bierbäuchlein und dem runden, freundlichen Gesicht zutraulich aus.

Eines Tages, als ich wieder einmal am »Mainzer Rad« vorbeifuhr, kamen mir die Wirtshaustreppen wie gerufen. Da man als fürsorgliche Puppenmutter das Kind auch unterwegs mal trockenlegen musste – es gab ja keine Pampers –, setzte ich mich auf die Treppe und versorgte mein Kind. Der Wirt beobachtete wahrscheinlich mein Tun, was ihm sichtlich gefiel. Er lud mich in seine Gaststube ein, half mir den Puppenwagen die Treppe hochzutragen.

Das »Mainzer Rad« in der Alzeyer Straße. Ob es das Geräusch und der Qualm der fahrenden Züge war, das mich neugierig gemacht hat?

6

Zum ersten Mal war ich ohne meine Eltern in einem fremden Raum. Es war schön hier, so ganz anders als zu Hause. Der freundliche Mann gab mir ein kleines Gläschen, das ich so auch nicht kannte, gefüllt mit Limonade. Das hat mir so imponiert, dass ich jede Gelegenheit wahrnahm, dem guten Opa einen Besuch abzustatten. Wir sind richtig gute Freunde geworden, ich, das kleine Mädchen, er, der etwas beleibte Herr.

Mit der Zeit wurde mir aber der Besuch im »Mainzer Rad« doch zu eintönig. Wir Kinder suchen die Abwechslung, wollen Neues entdecken. An manchen Tagen begegnete ich einer Frau, die ihren Hund ausführte und sehr freundlich lächelnd in meinen Puppenwagen nach dem Baby schaute. Auch ihr Hund, ein kleiner weißer Spitz, der schon von Weitem winselte, wenn er mich mit meinem Gespann kommen sah, ließ sich von mir streicheln. Ab und zu durfte ich seine Leine nehmen, die ich an der Schiebestange des Wagens befestigte. Dann gingen wir ein Stück zusammen spazieren und sie nahm mich mit nach Hause, damit ich meiner Mutter erzählen konnte, wo die fremde Frau wohnte.

Heute kann ich nicht mehr nachempfinden, was man denkt, wenn man als Drei- oder Vierjährige in einer fremden Wohnung steht. Ich weiß nur noch, dass die Möbel so wunderschön glänzten und auf dem Boden dicke, weiche

Teppiche lagen – anders als bei uns mit den nackten Holz-dielen. Es sah aus, als würde da niemand wohnen, kein Kind spielen. Was ich heute noch vor Augen habe, ist ein klei-nes, rundes Tischchen mit einer feinen Decke, die bis zum Boden hing und auf der ein weißes Porzellanpferd stand; so etwas hatte ich vorher noch nicht gesehen. Seltsam, dass ich mich nach fünfundachtzig Jahren noch an solche Einzel-heiten erinnern kann. Sie müssen damals einen besonderen Eindruck auf mich gemacht haben.

Was mich auch sehr beeindruckte, war, dass plötzlich still und leise eine Frau ins Zimmer kam, die eine schmale, lange, weiße Schürze mit bestickten Volants anhatte und auf dem Kopf auch so ein weißes, besticktes Etwas. Sie gab mir eine Tasse, die so dünn war, dass man den Kakao von außen sehen konnte. So gut schmeckte Kakao bei Mutti nicht! Der kleine Spitz strich dauernd um meine Beine, sprang an mir hoch und setzte sich auf meinen Schoß. Ich fragte, ob ich Prinz – so der Name des kleinen Hündchens – nicht mal zum Ausführen abholen dürfe. Zu Hause erzählte ich meiner Mutter, was ich heute alles erlebt hatte. Von der so anderen Wohnung, von der Frau mit dem Hund, die schein-bar gar nichts zu machen braucht, weil ein junges Mädchen, fein gekleidet, ihr die Arbeit abnimmt, die meine Mutti selbst erledigen muss. Meine Eltern kannten die Leute, die in Worms zu den Reichen zählten, denen nicht nur die Wohnung, sondern das Haus gehörte.

7

Das änderte für mich nichts am Umgang mit der Frau Stein. Den Namen hat mir Mutti gesagt. Was wusste ich, was es bedeutet, reich zu sein? Ich war ja auch reich, hatte alles, was ich brauchte, um glücklich und fröhlich zu sein.

Nachdem ich die Erlaubnis hatte, holte ich schon am nächsten Tag Prinz ab. Doch anstatt ihn an der Leine zu führen, setzte ich ihn zu meiner Annemarie, die Platz machen musste, in den Wagen, damit er mir nicht weglaufen kann. Er ließ es sich gefallen und war sichtlich froh, nicht an der Leine laufen zu müssen, nach dem Motto: »Schlecht gefahren ist immer noch besser als gut gelaufen.«

Bei der nächsten Ausfahrt musste Annemarie zu Hause bleiben, damit ich Prinz, der jetzt mein lebendes Kind war, richtig im Wagen platzieren konnte. So fuhr ich dann mit Prinz, der sich brav hinlegte und zudecken ließ, zum »Mainzer Rad«. Der Wirt war erstaunt, einen Hund statt einer Puppe im Wagen zu sehen, doch wir durften beide, Hund und Hundemutter, in die Wirtsstube. Ich bekam meine Limonade, Prinz ein Schüsselchen mit Wasser.

Das sind meine Erinnerungen an die Alzeyer Straße, in der ich die ersten viereinhalb Jahre meines Lebens verbrachte. Sie bleiben mir in guter Erinnerung, weil ich sie aktiv erlebte, weil sie für mich so erlebnisreich waren.

Dass ich als Puppenmutter inzwischen Nachwuchs bekommen habe, darauf bin ich sehr stolz. Mein Peter, der strapazierte Lederbursche, hat eine Schwester bekommen, meine Annemarie. Es war eine Schildkrötpuppe, mit entsprechendem Logo im Genick, die mir das Christkind brachte. In den Zwanziger- und Dreißigerjahren waren Schildkrötpuppen die große Mode, haben den Markt sehr schnell erobert und sich bis heute ihren guten Ruf erhalten. Wir Kinder waren stolz und glücklich, eine solche Puppe unser Eigen nennen zu können. Das war doch was anderes als die lumpigen Puppen mit rauem Stoff überzogen und mit Pappmaschee-Köpfen. Die aufgestickten Augen, Nase und Mund hatten keine Ausstrahlung. Ganz anders die Schildkrötpuppen. Sie sind aus einem glatten, glänzenden Material. Arme und Beine haben dank Gummis eine Beweglichkeit. An den verschiedenen Haarformen, die in das Material eingearbeitet sind, sieht man, ob es ein Junge oder ein Mädchen sein soll. Zusätzliche, unterschiedliche Tönungen lassen die Frisuren gut erkennen, auch ohne Haare. Meine Annemarie hatte eine »Schneckenfrisur«, bei der geflochtene Zöpfchen wie Schnecken beide Ohren bedeckten.

Die roten, etwas vorstehenden Bäckchen verführen zum Streicheln und die Augen, blau oder braun, strahlen die Puppenmütter an. Eine solche Puppe zu besitzen, war ein Juwel! Heute sind diese Puppen wieder stark im Kommen, obwohl es zwischenzeitlich Modelle gibt, die einem Baby ähnlich sind, die Haare haben, weinen und sprechen und sogar aufs Töpfchen gesetzt werden können.

8

Es ist Sommer des Jahres 1925. Meine Eltern vollzogen einen Wohnungswechsel von der Alzeyer in die Friesenstraße. Die Zeit, die ich im Hof der Sektkellerei und beim Wirt des »Mainzer Rades« verbrachte, die Ausfahrten mit Prinz im Puppenwagen, liegt hinter mir. Zum Glück ist sie gedanklich gespeichert, sodass ich sie aus dem Gedächtnis abrufen konnte.

Der Umzug war für mich ein neues Erlebnis. Unser Möbelwagen war eine sogenannte Rolle, eine Holzpritsche mit seitlichen Holmen als Begrenzung, die nach vorne überstanden, damit man ein Pferd vorspannen konnte.

An einem herrlichen Sommertag war die Rolle vollgeladen mit Einrichtungsgegenständen. Das Pferd zog brav den schwer beladenen Wagen, und unser Kutscher Rudi war sich voll und ganz seiner Aufgabe bewusst. Stolz saß er, mit der Peitsche in der Hand, auf dem Bock. Ich durfte neben ihm sitzen, manchmal die Zügel halten, leicht daran ziehen und »hü« sagen. Das bleibt einer fast Fünfjährigen in Erinnerung.

An die neue Wohnung musste ich mich erst gewöhnen. Mein kleines Zimmerchen in der Alzeyer Straße war mir vertraut. Das Kinderzimmer hier war größer, einfach ganz anders. Damals wusste ich nicht, dass meine Eltern Nachwuchs erwarteten, deshalb wahrscheinlich der Umzug in eine größere Wohnung.

Kindheit und Jugendzeit zwischen Liebfrauenkirche, Nibelungenschule und Rhein

Doch es dauerte nicht lange, bis ich mich an die neue Umgebung gewöhnt hatte. Die Friesenstraße war eine viel schönere Spielstraße als die Alzeyer. Es gab viel mehr Kinder.

Nun wohnten wir in einem hohen Gebäude mit einem riesigen Treppenhaus. Was war das in der Alzeyer Straße doch so praktisch! Zur Haustüre raus und man war im Hof. Um aus unserer jetzigen Wohnung in den Hof zu gelangen, musste man unzählige Stufen hinuntergehen, dann ein Stückchen den Hausgang entlang, wieder drei Stufen hinab, dann war man in dem kleinen Höfchen. Auf dem Boden war nur ein schmaler Plattenweg, alles andere war festgetretene Erde. Wie soll man da mit den Puppen spielen, ohne sich schmutzig zu machen? Der Hof war ja auch nicht für spielende Kinder gedacht. An den von einer zur anderen Mauer gespannten Drähten sah man, dass dort die Hausbewohner ihre Wäsche trockneten. Weil es allen Kindern der Friesenstraße, die in mehrstöckigen Häusern wohnten, so erging, spielte sich das Leben auf der Straße ab.

Welch eine Straße! Die Friesenstraße war für mich die schönste, kinderfreundlichste Straße von ganz Worms. Wohl gemerkt: Ich spreche vom Jahr 1925 und von den darauffolgenden Jahren. Sie war keine ruhige Straße, es gab viel zu erleben. Nach wie vor ist sie die Verbindung von der Stadt zum Hafen und zurück. Täglich holperten Fuhrwerke mit ihren eisernen Reifen um die Holzräder über das Kopfsteinpflaster. Es waren Holzkarren mit seitlichen Brettern und einem herausnehmbaren hinteren Brett. Diese von einem Pferd gezogenen Fuhrwerke hatten meistens Kohle geladen, die vom Handelshafen aus zu den Kohlenhändlern transportiert wurden.

9

Der Hafen hatte seinen besonderen Reiz. Die Schiffe lagen oftmals eines hinter dem anderen an dem schrägen, gemauerten Ufer. Später wurde eine Spundwand davorgesetzt, die heute noch vorhanden ist, und die Schräge aufgefüllt. Das war notwendig, weil das Hafenamt Schienen für eine Kranenbahn legte, damit das Löschen der Güter rationeller vonstatten ging und die Lastkähne näher am Ufer lagen. Selbstfahrer, wie sie heute üblich sind, gab es zu der Zeit kaum. Ein Motorschiff zog mehrere Leichter, wie man die angehängten Schiffe ohne Motor nannte. Die wurden im Hafen gelöscht und die Kohlen oder der Sand am Ufer des Hafens entlang zu Halden aufgetürmt. Mit dem Greifer eines Krans kam das Gewünschte in die großen Kisten der Fuhrwerke. Am Ende des Hafens befand sich vor einem kleinen Haus, dem Waaghäuschen, die im Boden eingelassene Waage, für Wormser »die Woog«. Auf die mussten alle vom Hafen kommenden Fuhrwerke gestellt werden. Die Ladung wurde gewogen, vom Lademeister registriert, dem Kutscher das Gewicht mitgeteilt. Der Weg dieser Pferdekarren führte durch die Friesenstraße.

Vor einem kleinen Häuschen am Ende des Hafens befand
sich »die Woog«, auf der die Ladung aller vom Hafen
kommenden Fuhrwerke gewogen wurde.

Wir Kinder waren begeistert, wenn von den holpernden, wackeligen Karren Kohlen herunterpurzelten. Noch besser waren Briketts, die dann meistens vom Fallen zerbrochen waren, aber leichter aufzulesen als die kleinen Bröckchen der schwarz glänzenden Steinkohle. Stolz trugen wir unseren Fund nach Hause, wurden dafür gelobt, denn in den Zwanzigerjahren war das Geld knapp und Kohlen brauchte man auch im Sommer zum Kochen. Aber nicht nur die heruntergefallenen Kohlen wurden aufgelesen; auch die Pferdeäpfel waren bei einigen Anliegern gefragt. Wir Kinder wussten, wer sich mit Schaufel und Handbesen den Dünger für seinen Garten holt, sagten Bescheid, wenn ein Pferd etwas fallen gelassen hat. Unsere Straße war immer sauber, nichts lag herum. Das war gut so, denn wir brauchten für unsere Spiele nicht nur das Trottoir, sondern auch den Fahrweg.

Apropos Verwendung von Abfällen, nicht nur vom Pferd: Das Wort Recycling (übersetzt: Wiederverwendung von Abfällen) war in den Zwanzigerjahren noch kein Gebrauchswort. Aber es wurde ganz bewusst recyclet. Die Abfälle, die heute in einer Papier- oder Mülltonne landen, wurden wiederverwendet. Da die Wohnungen Ofenheizungen hatten, konnte alles verbrannt werden. Gemüseabfälle und Kartoffelschalen wurden getrocknet. Papier brauchte man zum Feueranzünden, und mit sogenannten Fidibussen – aus Papier gefalteten, schlanken Anzündern – wurde eine Flamme aus der Glut des Ofens geholt, um die Petroleumlampe oder Kerzen anzuzünden. Damit sparte man Streichhölzer, für deren Kauf man Geld ausgeben musste. Zeitungen wurden mit Wasser befeuchtet und um Briketts gewickelt, damit über Nacht die Glut nicht ganz erlischt, die Kohlen aber nicht zu schnell verbrennen. Verpackungsmaterial gab es kaum. Die Lebensmittel, die heute verpackt in den Regalen der Lebensmittelmärkte stehen, wurden in den Zwanzigerjahren und darüber hinaus lose in Holzbehältern oder Schubladen mit Emailleschildchen, auf dem der jeweilige Inhalt angegeben war, aufbewahrt. Natürlich gab es keine Selbstbedienung, die sich im Laufe der Zeit den Markt erobert hat. Man wurde bedient, kaufte in kleinen Mengen ein: ein viertel Pfund Butter, eine achtel Wurst oder Käse. Die Bezeichnung Kilo und Gramm war beim Einkauf nicht üblich.

10

Alles, was lose gewogen werden konnte, wurde mit einer Schaufel aus dem Behältnis auf die Waage geschüttet. Mehl, Zucker, Salz, Grieß, Haferflocken, Erbsen, Linsen, Bohnen kamen nach dem Wiegen in eine spitze, braune Tüte, die wiederum verbrannt werden konnte. Wer Essig oder Öl einkaufte, brachte die leeren Flaschen mit, die mit der gewünschten Menge befüllt wurden. Dazu hing an der Wand je ein Gefäß für Essig und Öl, mit Linien für einen achtel, einen viertel und einen halben Liter versehen. Auch

Senf gab es nur lose, man brachte sein Senfglas mit. Also gab es auch da nichts zum Recyclen.

Haushaltsabfälle aus Metall, wie z. B. alte Töpfe, Blech oder ein paar rostige Nägel, alte Lumpen usw. wurden vom »Lumpesammler« abgeholt. In Abständen kam er mit einem Handwagen, an dem allerlei altes Zeug baumelte, durch die Friesenstraße. Mit einer Handschelle und dem Ruf »Lumpe, Eise, Knoche und Papier« machte er auf sich aufmerksam. Wir Kinder freuten uns, wenn wir etwas für ihn hatten, denn er gab uns dann irgendeine Kleinigkeit, meistens einen winzigen Luftballon, oder auch mal ein Zwei-Pfennig-Stück. Das war ein Feiertag für uns, denn für zwei Pfennig bekam man ein Bonbon.

Mit einer Handschelle und dem Ruf »Schereschleifer« machte der Mann, der mit seinem Schleifrad, auf einem Holzbrett befestigt, unterwegs war, auf sich aufmerksam, um Kunden mit stumpfen Schneidewerkzeugen zu werben. Sein zweirädriges, einfaches Fahrgestell schob er von Haus zu Haus. Unsere Mütter standen oftmals Schlange, bis sie an die Reihe kamen. Der Andrang war groß, jeder nahm die Gelegenheit wahr, um wieder scharfes Werkzeug für den Haushalt zu haben. Man sah dem Schleifer zu, konnte nach kurzer Zeit seine Utensilien wieder geschärft mitnehmen. Heute muss man, wenn man Messer oder Scheren geschliffen haben will, diese in einem entsprechenden Geschäft abgeben, muss warten, bis mehrere stumpfe Dinge beisammen sind, damit sich das Einschicken lohnt. Bis die Ware geschärft zurückkommt, man einen Anruf erhält, dass man sein Teil abholen kann, vergehen manchmal Wochen.

Spricht man deshalb von der guten, alten Zeit, weil so manches unkomplizierter war?

Außer dem »Lumpesammler«, dem »Scherbeseppel« und dem »Schereschleifer« war noch einer mit einem alten, klapprigen Fahrrad ohne Luftbereifung unterwegs: der »Dibbeflicker«. Auf dem Gepäckträger des Fahrrades war ein dickes Brett montiert. Uns Kinder interessierte besonders das Flämmchen, das an einem Docht flimmerte. Die Lötlampe war auf dem Brett befestigt. Zu seinen Werkzeugen gehörte ein Hammer, mit dem er die rostigen Stellen der Töpfe oder Eimer abklopfte, und eine Zange, um beim Flicken den heißen Gegenstand halten zu können. Auch bei ihm war der Andrang groß. In den Zwanzigerjahren war, wenn der Topf ein Loch hatte, eine Reparatur fällig. Nicht in jedem Haushalt war Lötzinn vorrätig, also wartete man, bis der »Dibbeflicker« kam.

11

Die kleinen Löcher machte er mit flüssigem Lötzinn zu, bei größeren Gefäßen, meistens Eimern, musste ein Stück Metall mit angelötet werden. Die Lötstellen hoben sich silbrig glänzend vom alten Geschirr ab.

Und noch ein kleines Gefährt, das über das Kopfsteinpflaster der Friesenstraße holperte, lenkte unsere Aufmerksamkeit auf sich. Es war eine selbst gezimmerte Holzkiste auf einem Holzgestell mit zwei Rädern. Ein Ast, der etwas gekrümmt war, diente als Deichsel. Der ärmlich bekleidete, kleine, schmächtige Mann zog mit seinem Wägelchen durch die Straßen der Altstadt, immer auf der Suche, etwas zu finden, das er gebrauchen könnte. In unserer Straße war er oft, weil auf dem holprigen Pflaster auch mal ein Stückchen Kohle oder Kork zu finden war, das von den Fuhrwerken, die vom Hafen kamen, herunterfiel. Warum wir ausgerechnet diesem Mann »Eierkischt« nachriefen, weiß ich nicht. Wenn er dieses Schimpfwort hörte, ließ er spontan seinen Wagen stehen, wurde fuchsteufelswild und rannte uns nach, machte drohende Gebärden. Wir lachten, riefen immer wieder »Eierkischt«, das Wort, das ihn so verärgerte – wussten wir doch, dass er uns nicht einfangen konnte. Geschafft vom Nachlaufen, ging er jedesmal schleppenden Schrittes zu seinem Wägelchen zurück. Warum ärgerten wir den alten Mann eigentlich? Das war doch ungehörig! Aber seltsamerweise wussten die Bewohner der Straße von unserem Treiben, geboten uns keinen Einhalt. Wir Kinder hatten unseren Spaß daran, fühlten uns überlegen. Gemeinsamkeit macht stark!

Woher der Name »Eierkischt« stammte, wer ihn zum ersten Mal aussprach, wird nicht nachvollziehbar sein. Genauso wenig wie all die anderen Utznamen, die früher gebraucht wurden: »de Dabbisch«, »de Holzkopp«, »es Hietsche«, »de Dolle«, »de Strugsler«, »de Dummbeitel«, »die Rothorisch«, »die Behle«, um einige zu nennen. Man kann es sich kaum vorstellen, dass erwachsene Menschen auf diese Anrufe, von einer Straßenseite

Ein Wormser Utzer, wie er im Buche steht.

zur anderen, reagierten. Aber es war so! Auch das waren die Zwanzigerjahre, die gute, alte Zeit.

Friesenstraße, Verbindung zwischen dem Rheinufer, einem pulsierenden Hafen, ein Stück entlang an den Reben der Liebfrauenmilch und der Stadt – eine Straße voller Leben! Und wir Kinder mittendrin. Wir machten sie zur Spielstraße, ohne dass ein Schild aufgestellt werden musste. Wo sollten wir denn auch spielen? Daheim allein? Wir mussten doch Unterhaltung suchen; Radios gab es zwar schon, aber keine Recorder für CDs, auf denen Märchen und Geschichten gespeichert sind, ganz zu schweigen von den Fernsehern, vor denen die Kinder stundenlang sitzen und unterhalten werden. Unsere Unterhaltung fanden wir auf der Straße. Wir waren »Gassekinner«!

12

Wie ein Quellwasser
Immer noch, wie seit Urzeiten, gehen die ersten Monate nach der Geburt dahin, ohne dass das kleine Lebewesen etwas dazu beiträgt. Es ging uns Kindern der Zwanziger-jahre nicht anders. Man hat uns geführt, kleine Hand in großer Hand, die stark genug ist, uns festzuhalten, zu behü-ten und zu beschützen. Ein junger Mensch, der irgendwo, irgendwann auf die Welt kommt, ist wie ein klares Quell-

wasser, das irgendwo, irgendwann aus dem Nichts entspringt. Es sprudelt aus der Erde, muss sich einen Lauf suchen. So wie das Quellwasser im Wald, das über Geröll und Äste hüpft, hüpfen Kinder übermütig über Stock und Stein, müssen sich auch einen Lauf durchs Leben suchen.

Das Quellwasser, das in seinem wilden Lauf erst ruhiger wird, wenn es die grüne Wiese am Waldesrand erreicht hat, schlängelt sich durch das grüne Gras. Manchmal versteckt es sich für eine kleine Weile, um dann wieder an einer anderen Stelle zum Vorschein zu kommen.

Sich verstecken war auch eines unserer Lieblingsspiele. Wir Kinder hatten zwar keine Wiese, dafür aber Häuser, deren Haustüren nicht verschlossen waren. Wir Mädchen der Zwanzigerjahre, wir »Gassekinner« spielten in den Wohnhäusern Versteck. An der gegenüberliegenden Seite der Häuser, an der Mauer des Wingerts, musste eine Mitspielerin, die die Suchende war, ihr Gesicht verdecken, sich gegen die Mauer stellen und bis zehn zählen. Wir anderen versteckten uns in verschiedenen Hausfluren, meist hinter der Eingangstür. Das musste schnell gehen, denn nachdem die Suchende bis zehn gezählt hatte, fing sie an, an der Häuserfront entlangzugehen und die Hausnummern aufzurufen. Das hörte sich so an: »lubbert, lubbert 38, lubbert, lubbert 42« usw. Was »lubbert« heißen sollte, ob das mit »lugen«, »schau nach« etwas zu tun hatte, weiß ich bis heute noch nicht, und es konnte mir, als ich als Kind danach fragte, auch niemand beantworten. Auf jeden Fall verstanden wir Kinder, was mit »lubbert« gemeint war, nämlich dass wir aus unserem Versteck heraus müssen, wenn die entsprechende Hausnummer aufgerufen wurde. Dann hieß es rennen, so schnell es ging, und an der Wingertsmauer anschlagen. Wer die Letzte war, musste anschließend suchen.

Natürlich wäre ein solches Spiel heute nicht mehr möglich, weil die Eingangstüren der Häuser verschlossen sind. Nach dem Klingeln wird gefragt, wer Einlass begehrt, dann mit dem Türöffner der Weg ins Haus ermöglicht. Klingeln an den Haustüren gab es in der Friesenstraße nicht, die meisten Türen wurden auch nachts nicht abgeschlossen. Dass die Hauseigentümer, die fast alle in ihren Häusern wohnten, uns Kindern dieses Spiel erlaubten, ist kaum zu glauben. Waren die Menschen der Zwanzigerjahre »kinderlieber«, gutmütiger oder einfach nicht so gestresst? War es doch die »gute, alte Zeit?«

Doch irgendwann fand auch dieses Spiel sein Ende. Es gab ja so viele Spiele, die alle mal ausprobiert werden mussten. Zum Beispiel das Klickerspielen.

13

Das Spiel mit den Murmeln gibt es in vielen Variationen, eine schöner als die andere. Am Liebsten haben wir »Käutschers« gespielt. Gegenüber den Häusern, an der Mauer des Wingerts – der Gehweg war auf dieser Seite nicht befestigt –, konnte man den Grund herauskratzen, sodass eine Mulde, eine Kaut entstand. Das war das »Tor«, in das die kleinen Kugeln geschubst werden mussten. Unsere Klicker, wie die kleinen, runden, bunt bemalten Holzkugeln heißen, nahmen wir im »Klickersäckelche« mit auf die Straße. Beim Käutschersspielen musste man versuchen, so viele eigene Klicker wie möglich ins Tor zu schaffen, denn wer die meisten drin hatte, durfte alle herausnehmen. Das Schubsen machte man mit dem eingeknickten Zeigefinger.

Ein »Achatsche« zu besitzen, war der Stolz jedes Klickerspielers. Die waren aber auch schön, diese etwas größeren Glaskugeln mit den bunten, schillernden Streifen, mit denen »abgebebbt« wurde! Ähnlich wie beim Boule versucht man mit dem Achatsche, die Klicker zu treffen, die einem dann gehörten, die man »einsäckeln« durfte. Was war man stolz, wenn der Klickersack prall wurde! Aber auch den Verlierern, die manchmal nicht hätten weiter mitspielen können, liehen wir Klicker, die sie uns nach einem Gewinn wieder zurückgaben. Wir waren füreinander da, es gab niemals Streitigkeiten. Ob das die Zeit der Zwanzigerjahre so mit sich brachte? Die Zeit, die die Menschen in ihrer Not und Genügsamkeit zusammenschweißte?

Was man auch gut auf dem Trottoir an der Wingertsmauer spielen konnte, war »Feilchers«. Dazu brauchte man eine Feile, wie sie die Handwerker besitzen, um ein Material glatt zu machen oder um abstehende Kanten abzufeilen. Diese Feile, die unten eine Spitze hatte, schnipst man über die Hand, damit die Spitze im Boden stecken bleiben kann. Es gehört schon eine Fingerfertigkeit dazu, dass die Feile ein paarmal in der Erde stecken bleibt und nicht umfällt. Dann wird durch Zählen der Sieger ermittelt. Mit so einfachen Dingen vertrieben wir uns die Zeit.

Ein tolles Spiel auf der Straße war der »Hickelkreis«, der sich auch heute noch großer Beliebtheit erfreut. Wenn ich manchmal die Hickelkreisformen, die auf dem Trottoir mit Kreide aufgemalt sind, sehe, steht meine Kindheit vor mir. Wenn ich dann die Kinder sehe, wie sie versuchen, auf einem wackeligen Bein von einem Kästchen ins andere zu hüpfen, ohne auf einen Strich zu treten, ist es genau so, wie wir das vor ewig langer Zeit machten. Schön, dass der Hickelkreis, trotz der modernen Spiele, immer noch Kinder erfreuen kann. Der Ehrgeiz, ohne einen Fehler gemacht zu haben, im obersten Kästchen oder Kreis anzukommen, nachdem man vorwärts, nach links und rechts hüpfen musste, ist heute noch derselbe wie in den Zwanzigerjahren. Man soll ja nicht glauben, dass man als Kind stundenlang hickeln kann!

Auch das »Danzdoppisch«-Spiel war in. Ein gedrechselter Kreisel, den wir bei einem Schreiner und Drechsler in der Bärengasse für fünf Pfennig kaufen konnten, war unser ganzer Stolz. Die bunt angemalten Kegel hatten oben ein paar Rillen, um die Treibschnur drumzuwickeln. Den Stock, an dem die Treibschur, eine dünne Kordel, befestigt war, holten wir uns manchmal von einem Baum. Am oberen Ende wurde eine Kerbe eingeschnitzt, damit die Kordel festsitzt und nicht beim Treiben wegfliegt. Der Kreisel wurde drei- oder viermal mit der Kordel umwickelt, auf den Boden gesetzt, die Schnur mit einem Ruck weggezogen, und siehe da: Der Doppisch tanzte. Damit an meinem Danzdoppisch sich das Holz an der Spitze, auf der sich der Kreisel drehte, nicht so schnell abnutzte, schlug mein Vater in die Spitze einen Nagel mit glattem, rundem Kopf. Das war billiger, als für fünf Pfennig einen neuen Kreisel zu kaufen. Mit Peitschenschlägen hielten wir die Doppische am Drehen und trieben sie über den festen Belag des Trottoirs. Das konnten wir alle gut und es sah wunderschön aus, wenn viele, bunte Kreisel über das Pflaster hopsten.

14

Unsere Friesenstraße war für uns Kinder Mittelpunkt zwischen Nibelungenschule, Liebfrauenkirche und dem Rhein. Zu diesem »Revier« zählte auch das Amandusgässchen. Das stille Gässchen zwischen den mit Maschendraht begrenzten Rebstöcken der Liebfrauenmilch war ein idealer Spielplatz. Da störte uns kein Fuhrwerk, und nur ab und zu ging jemand hindurch. Das war gut, denn da konnten wir Puppenmütter unsere Kinder ausfahren und das in einer Reihe nebeneinander.

Auf der rechten Seite, am Ende des Amandusgässchens, waren zwei Häuschen mit der Rückseite an die verfallene, alte Mauer der ehemaligen Amanduskirche angebaut. Sie waren so winzig klein, dass es eigentlich nur ein Unterschlupf war. Hinter der Eingangstür, die auch oft an kalten Tagen offen stand, war ein Raum zu sehen, der Küche und gleichzeitig Wohn- und Schlafzimmer war. Zwei alte Ehepaare – für uns Kinder waren sie uralt – bewohnten diese primitiven Unterkünfte. Bis in den Winter hinein saßen sie auf wackeligen Hockern oder Stühlen, die jeden Moment zusammenzubrechen schienen, vor ihren Häuschen im Freien. Es tat uns Kindern leid, wenn wir sie so sitzen sahen. Um ihnen – wie wir glaubten – eine Freude zu machen, gingen wir mit unseren Puppenwagen nahe an ihnen vorbei und sagten höflich Guten Tag. Manchmal überzog ein kleines, kaum erkennbares Lächeln ihre Züge. Dann zeigten wir ihnen unsere Puppen, aber sie sprachen kein Wort.

An eines erinnere ich mich noch heute – ich bekomme Herzklopfen, und Tränen wollen sich in meine Augen stehlen: Ich ging mit meinem Puppenwagen allein im Amandusgässchen spazieren. Als ich an den Häuschen vorbeiging, grüßte ich wie immer, so wie man das von den Eltern gelernt hatte. Eine der alten Frauen stand von ihrem wackeligen Sitz auf und schaute in meinen Wagen. Sie strich meiner Annemarie über die glatten, rosaroten Bäckchen und lächelte dabei. Ihr zahnloser Mund sah so weich aus. Ich weiß, dass ich auf dem Heimweg geweint habe. Die Frau tat mir so leid! Am liebsten hätte ich ihr meine Annemarie geschenkt, aber sie war doch mein Kind und ich hatte sie sooo lieb; ich konnte sie nicht hergeben. Wahrscheinlich wäre das auch meiner Mutter nicht recht gewesen, aber daran dachte ich erst später. Heute frage ich mich, wer waren diese Leute, die so abseits jeder Zivilisation ihr Leben fristeten? Eine Antwort werde ich nie erhalten. Seit diesem Erlebnis bin ich nie wieder mit meinem Puppenwagen durchs Amandusgässchen gefahren.

Die bescheidenen Unterkünfte
in der Amandusgasse.

15

Überhaupt, je älter man wird, desto mehr verliert der Puppenwagen seine Anziehungskraft. Seit ich in der Friesenstraße wohne, hat er sowieso nicht mehr den Stellenwert, den er in der Alzeyer Straße noch gehabt hat, wo es als einzigen Spielgefährten nur Prinz gab. Hier sind eine Menge Kinder, mit denen man spielen kann. Man schaut aus dem Fenster, ob schon jemand auf der Straße ist, oder geht als Erste nach draußen. Im Nu sind es so viele, die nacheinander ankommen, ohne dass man sich per Telefon verabreden muss (das es bei Privatleuten in den Zwanzigerjahren sowieso nicht gab).

Zu unserem Einzugsgebiet gehörte auch der Nibelungenplatz, den die Bewohner in unserem Viertel »Kies« nennen. Also gingen auch wir Kinder »uff de Kies« spielen. Für größere Spiele, die man in einer befahrenen Straße nicht spielen kann, war er wie geschaffen; man konnte ungehindert im Kreis spielen, die Buben Fußball, wir Mädchen Völkerball und vieles mehr. Und noch etwas machte den »Kies« so interessant. Das waren die wunderschönen, schillernden Steinchen, mit Streifen durchzogen, flach und glatt oder rund und oval. Sogar kleine Muschelchen fand man hin und wieder. Beim Suchen und Sammeln verging die Zeit wie im Fluge. Der Kies des Nibelungenplatzes stammt sicher noch aus der Zeit, als der Rhein oftmals, auch in Worms, überschwappte. Deshalb die Ablagerungen, die uns Kindern Freude bereiteten.

Weil ich soeben über den Nibelungenplatz erzählt habe, kommt mir die Frage in den Sinn, warum dieser Platz umgetauft wurde. Gut: Man wollte Karl Hofmann ehren, ihm einen offiziellen »Namen« geben. Aber warum gerade den Nibelungenplatz? Die Allee, die von der Nibelungenbrücke aus in nördlicher Richtung verläuft, heißt Nibelungenring. An ihr liegt die Nibelungenschule und vor den beiden Schulgebäuden der Nibelungenplatz. Schade, es war so eine Einheit, es waren namentlich zusammengehörige Fleckchen Erde! Es ist manchmal schwer zu verstehen, aber auch Länder wechseln ihre Namen. Und warum eigentlich? Warum heißt der Inselstaat Ceylon jetzt Sri Lanka? Warum wurde aus dem seit altersher bekannten Persien Iran? Warum aus dem Nibelungenplatz die Karl-Hofmann-Anlage?

Schulzeit-Alter

Die Zeit bleibt nicht stehen und die Jahre vergehen. Für uns »Gassekinner«, die ihr Einschulungsalter erreicht haben, beginnt der Ernst des Lebens.

Was für das ehemalige Quellwasser – nach seinem Lauf als munter plätscherndes Bächlein – die Uferbefestigung ist, ist für Kinder, nach einem freien Lauf, die Schule. Die Ufer lenken die Wasser in Bahnen, dass ihr Lauf den richtigen Weg findet. So werden die Kinder der Zwanzigerjahre wie auch die, welche alle Jahre wieder eingeschult werden, von Lehrkräften in Bahnen gelenkt, damit ihr Lauf durchs Leben den richtigen Weg findet.

Die Nibelungenschule und der Nibelungenplatz.

16

Die Gemeinsamkeit mit anderen Kindern in einem Schulsaal macht stark. So geht es auch dem kleinen Bächlein, 41
das sich mit anderen Wassern verbindet und dadurch zum
Fluss wird. Doch vor der Einschulung, die nach den Oster-

ferien war, kommt das Osterfest. Das genießen wir Schulanfänger noch mal so richtig. Wie jedes Jahr am Karfreitag, ganz gleich ob die Sonne schien oder ob es regnete, ging mein Vater mit mir ins Wäldchen oder auf die Rheinwiesen, um Moos für die Osternestchen zu suchen. Das war so zart grün, so weich wie Samt, viel schöner als das grün gefärbte, künstliche Gras. Was der Osterhase in den Zwanzigerjahren in die Nestchen legte, war bescheiden, aber ein Osterhase, ganz gleich ob er aus rot gefärbtem, durchsichtigem Zuckerguss bestand oder aus Schokolade war, stand immer in der Mitte. Um ihn herum ein paar Zuckereierchen und natürlich Ostereier. Da es am Gründonnerstag üblich war und ist, Spinat und Eier zu essen, wurden einfach Ostereier mit ins Abkochwasser des Spinats gelegt und kamen grün gefärbt heraus; Rote Bete – früher sagte man Rotrüben – sorgten für rot gefärbte Eier. Mit den Ostereiern, die der Osterhase in mein liebevoll hergerichtetes Nestchen legte, gab er sich besondere Mühe. Sie sahen jedes Jahr gleich aus und doch war jedes anders. Sie waren beige bis dunkelbraun marmoriert oder mit tollen Ornamenten verziert – einfach künstlerisch schön.

Inzwischen weiß ich, wie der Osterhase das gemacht hat. So macht das in unserer Familie der Osterhase noch immer, wobei ich ihm zur Hand gehe. Im Herbst fange ich an, schöne Zwiebelschalen zu sammeln. Je mehr man hat, desto markanter ist die beigebraune Maserung auf den Eierschalen. Aus den Zwiebelschalen wird ein Sud gekocht, dann die Eier in den Sud zu den Schalen. Nach dem Abkochen und Erkalten mit einer Speckschwarte eingerieben, gibt ihnen einen schönen Glanz. Das machte schon meine

Großmutter so, ich hab's von meiner Mutter gelernt und gab es an meine Kinder weiter. Meine Urenkelin freut sich über die anders aussehenden Ostereier, die zwar nicht schöner sind als die kunstvoll bemalten, dafür aber seltener.

Manchmal legte der Osterhase auch noch etwas neben das Körbchen, etwas zum Anziehen oder zum Spielen. Oft ist es ein Ball! Farbenfrohe Bälle, prall, glänzend, mit Punkten in einer anderen Farbe oder mit fantastischen Motiven versehen. Wenn dann noch ein Ballnetz dabei war, das man zwar kaufen konnte, das aber noch lange nicht so schön aussah wie das, was die Mutti aus Woll- oder Garnresten gehäkelt hat, um dem Osterhasen zu helfen, waren wir besonders stolz. Auch Hüpfseile mit bunten Holzgriffen an den Enden gehörten oftmals zu den Ostergeschenken. Herrlich, wenn man mit dem Seil, das man um sich herumschlägt, die Straße rauf- und runterhüpfen kann! Die Kinder unter uns, die gut »strickhupse« konnten, kreuzten vor dem Körper das Seil und sprangen dann durch.

17

Noch schöner war es, wenn wir gemeinsam mit einem langen Seil spielten, das abwechselnd von zwei Mädchen in einem gleichmäßigen Rhythmus geschlagen wurde. Wir anderen sprangen abwechselnd von der Seite aus ins Seil, hüpften darüber und auf der anderen Seite wieder raus. Oder man hüpfte so lange im Seil, bis man einen falschen Hopser machte. Dann kam die Nächste dran. Schön war es, wenn man zu zweien oder dreien im Seil hüpfte, das in Abständen über den Boden schleifte, dann wieder einen Bogen schlug. Das war dann ein gekonntes »Strickhupsel«.

Und noch etwas Schönes durften wir jedes Jahr an Ostern erleben: Wir durften unsere handgestrickten Wollstrümpfe, die »bissen«, gegen Kniestrümpfe tauschen. Es war ein ungeschriebenes Gesetz, dass an Ostern, egal wie warm oder kalt es war, die Strickstrümpfe bis zum nächsten Herbst ausgedient hatten. Es war manchmal schon noch kalt und die Oberschenkel und Knie rotgefroren, aber wir hielten das aus, ließen uns nichts anmerken. Stolz trugen wir alle unsere Kniestrümpfe, die uns der Osterhase brachte.

Nach den Osterferien war für uns, die wir sieben Jahre alt waren, der Zeitpunkt der Einschulung. In Begleitung unserer Mütter trafen wir Schulanfänger uns im Hof der Nibelungenschule. Wir wurden in zwei Klassen eingeteilt, gingen mit unserer Lehrerin in unseren Schulsaal, in dem wir nun in der nächsten Zeit täglich ein paar Stunden still sitzen müssen. Eine Schultüte mit Süßigkeiten, wie das heute für die Erstklässler so üblich ist, gab es in den Zwanzigerjahren nicht. Wir waren stolz auf unsere Lederranzen, die in den meisten Fällen auch der Osterhase gebracht hat. Die Ranzen für Mädchen und die für Buben unterschieden sich in ihrer Form. Bei uns bedeckte die Klappe des Ranzens, die oben übergeschlagen wurde, etwa ein Drittel der Vorderseite, an der ein kleines Schnällchen angebracht war. Am Überschlag befand sich ein Lederriemchen mit mehreren Löchern; damit konnte man, je nach Ranzeninhalt, variieren. Die Buben hatten an ihrem Ranzen einen Überschlag, der die ganze Außenseite bedeckte. Er war mit Schnalle und Riemen an den beiden unteren Enden zu befestigen. Warum es zwei Sorten Ranzen gab und warum die getrennt nach Geschlechtern getragen wurden, habe ich nie verstanden und es konnte mir auch niemand erklären. Es war einfach so!

18

Es war auch einfach so, dass Jungen und Mädchen in getrennten Gebäuden einer Schule untergebracht waren, ihre eigenen Schulhöfe hatten. Bei der Nibelungenschule war das einfach zu lösen, denn sie besteht aus zwei Gebäuden, dem Alt- und dem Neubau. Der Altbau war das Domizil der Buben, im Neubau waren wir Mädchen untergebracht. Die beiden Gebäude sind im ersten Stock mit der Turnhalle verbunden, die alle Schüler benutzen. Durch die Überbrückung entstand ein Rundbogen, unter der die damalige Promenadenstraße verläuft. Im Turm, der die beiden Gebäudetrakte miteinander verbindet, befindet sich eine Uhr mit goldenen Ziffern, die der Turmuhr des Brückenturms auf der Rheinbrücke sehr ähnlich sieht. Die Uhr am Schulgebäude hat schon uns Kindern der Zwanzigerjahre die Zeit angezeigt. Sie tut es heute, nach Jahrzehnten, noch wie damals.

In den ersten vier Jahren der Volksschule, wie früher die Grundschule genannt wurde, schrieben wir auf schwarzgrauen Schiefertafeln. Sie waren mit einem hellbraunen Holzrahmen versehen, der an einer Seite ein Loch hatten, durch das die Schnur des Tafellappens gezogen wurde. Auf der einen Seite der Tafel, die wir Vorderseite nannten, waren in verschiedenen Abständen mehrere Linien gezogen, leicht in das weiche Material des Schiefers eingeritzt. Das Weiß der Linien hob sich gut vom Dunkel der Tafel ab. Diese Linien waren die Grundlage für die Sütterlinschrift, die uns fürs Schreiben und Lesen gelehrt wurde. Die Rückseite war die Rechenseite, in Karos eingeteilt, in die jeweils eine Zahl passte.

Zur Schulausrüstung gehörte außer der Tafel der wichtige Tafellappen, der seitlich am Ranzen herunterhing. Weil er so »sichtbar« war, musste er immer picobello sauber sein. Ein feuchter Schwamm, der in einer Schwammdose steckte, nahm beim Auswischen der Tafel das Weiß auf, das durch das Schreiben mit dem Griffel entstand. Unter den nassen Schwamm legten wir oftmals den Kern einer Blumenbohne mit ihrer schönen Maserung und den bunten Farben. Wir freuten uns dann, wenn sie anfing zu keimen und »Schwänzchen« bekam.

Die Griffel waren auch aus Schiefer, nutzten sich schnell ab, sodass sie nach mehrfachem Gebrauch nachgespitzt werden mussten – wie ein Bleistift. Das machten meine Mutter oder mein Vater mit einem scharfen Küchenmesser. Das Spitzen quietschte so, dass einem die Zähne wehtaten.

Ebenfalls verbunden mit einem schrecklichen Quietschgeräusch war es, wenn mein Vater von Zeit zu Zeit mit einem harten, spitzen Nagelstift die Linien der Tafel nachzog. Durch vieles Schreiben, wieder Wegwischen und mit dem Tafellappen Trockenreiben nutzte sich der Schiefer ab, sodass die Linien nicht mehr so gut zu sehen waren. Da wir als Lehrfach noch Schönschreiben hatten, das im Zeugnis eine Note bekam, durfte kein Buchstabe über oder unter die Linie geraten.

19

Überhaupt musste man mit seiner Schiefertafel umgehen wie mit rohen Eiern. Bei unsanfter Behandlung konnte schon mal ein Stückchen Schiefer abplatzen. Fiel die Tafel zu Boden, bekam sie meistens einen Sprung von einer zur anderen Seite. Da gab's nicht gleich eine neue, die kaputte musste weiterbenutzt werden. Über diesen Sprung zu schreiben, was sich manchmal nicht verhindern ließ, war schwierig. Man lernte sorgsamer mit seiner Tafel umzugehen. Ich musste fast ein halbes Jahr mit einer gesprungenen Tafel klarkommen, bis mir der Osterhase für das neue Schuljahr eine neue neben das Osternestchen legte.

Da wir Kinder der Zwanzigerjahre jetzt fast alle Schulkinder sind, heißt die Devise: erst Aufgaben machen und lernen, dann spielen. Aber vor dem »uff die Gass«-Gehen musste man sich umziehen, die Schulkleidung mit Anziehsachen zum Spielen tauschen. In die Schule ging man mit feinen Kleidern, über denen eine Schürze getragen wurde. Das war Pflicht. Die Schürze musste ein oder zwei Täschchen haben, in denen ein Stofftaschentuch steckte. Jeden Morgen bei Schulbeginn mussten wir ein sauberes Taschentuch vorzeigen. Mit den Schürzen, die unsere Mütter nähten, gaben sie sich viel Mühe. Oft waren sie aus bedrucktem Stoff mit hübschen Mustern. Bestickte Schürzchen sahen natürlich viel hübscher aus. Meine waren immer aus weißem Stoff, mit Perlgarn bestickt und umgehäkelt. Um die aufgesetzten Taschen war auch ein Häkelrand. Ich war stolz auf meine Schürzen, stolz, eine so liebe Mutti zu haben, die sie anfertigte.

In der Schule saßen wir immer zu zweien nebeneinander. Die Holzbänke waren mit dem Tisch verbunden. Unter der Tischplatte war ein Ablagefach für Bücher oder Hefte, an der Seite jeder Bank ein Haken, an dem der Ranzen aufgehängt wurde. Oben in der Arbeitsplatte war eine Rille, so wie man sie auf Fensterbänken als Wassernase kennt. Da hatten Griffel, Bleistifte und Federhalter ihren Platz. Seitlich davon war eine Aussparung für ein Tintenfass. Kugelschreiber gab es zu der Zeit noch nicht, es wurde mit Federn geschrieben, allerdings nicht mit dem Federkiel. Unsere Federn konnte man, je nachdem, welches Schriftbild man haben möchte, auswechseln.

Die Zeit bis zu den Sommerferien ging schnell herum. Es gab so viel Neues, dass die Stunden eines Tages kaum reichten, um all das zu bewältigen, was auf uns zukommt.

Aber jetzt sind erst einmal vier Wochen Ferien! Die Kniestrümpfe, die wir seit Ostern trugen, müssen den Söck-
chen weichen. In den leichten Sommerschläppchen, die
aus Segeltuch waren, mit einem Gummisteg in der Mitte
zusammengehalten, fühlten wir uns wohl.

Mit dem Sommer kam die Badezeit. Kinder wie wir, die
so nahe am Rhein wohnen, sind Wasserratten. Es verging
kaum ein Tag, an dem wir unserem lieben, alten Vater Rhein
keinen Besuch abstatteten.

20

In den Zwanzigerjahren und darüber hinaus gab es in
Worms fünf Badeanstalten. Drei davon hatten im Floßhafen ihre schwimmenden Bäder, die von Vereinen geführt
wurden. Die beiden anderen lagen im Fließwasser des
Rheins, was zum Schwimmenlernen von großem Vorteil
war. Das Wasser ist lebendiger, nicht so bleiern wie still ste-
hendes im Floßhafen. Die Wellen tragen einen. Die kom-
fortabelste Badeanstalt war die von Heiner Fürst. Sie lag
im Strom, kurz unterhalb der Rheinbrücke, in Höhe der
Pegelhäuschen. Über den schrägen Weg, den es heute noch
gibt, konnte man das schwimmende Haus erreichen. Der
Zuspruch war so groß, dass Fürst seine Badeanstalt erwei-
tern musste. Zu diesem Zweck wurde sie ein paar Strom-

kilometer abwärts am Ufer, das zu einer Liegewiese wurde, festgemacht. Eine weitere Neuheit und eine Attraktion war die sogenannte »Schwimmbahn«, die an der Stromseite entlang der Badeanstalt angebracht war. Zur Rheinmitte hin hatte sie zur Begrenzung einen dicken Balken. Heiner Fürst, der korrekte Inhaber und umsichtige Bademeister, passte auf, dass alle, die die Schwimmbahn benutzten, gute Schwimmer sind! Neu war auch, dass die Badeanstalt zu einer Café-Kajüte erweitert wurde.

Das zweite Bad im Rhein war die städtische Badeanstalt, die im Vergleich zum Fürst kleiner und einfacher war, dafür aber auch keinen Eintritt kostete. Deshalb war »es Städtische« unser Bad. Das Wasser des Rheins ist dasselbe, der Bademeister aber ist ein strenger Mann. Er achtete genau darauf, wer in welches der drei Badebecken geht. Es gab ein Becken für Nichtschwimmer, in dem man stehen konnte, ein zweites, gleich großes Becken war für Kinder bestimmt, die schon schwimmen konnten. Das dritte Becken, das so lang war wie die beiden anderen zusammen, war den Erwachsenen vorbehalten und guten Schwimmern. Der städtische Bademeister nahm seine Verantwortung, die er den Eltern der Kinder, solange sie im Bad waren, gegenüber hatte, sehr ernst. Wir mussten uns gut benehmen, durften uns nicht gegenseitig nassspritzen und nur ins große Schwimmbecken vom Rand aus springen.

Auf den nassen Brettern, auf denen man, weil sie glitschig waren, leicht ausrutschen konnte, durften wir nur vorsichtig gehen. Kinder, die schwimmen lernen wollten, kamen bei ihm, wie auch bei Heiner Fürst, an die Angel. Sie war an den Brettern der Badeanstalt befestigt. Über eine Rolle

Drei der fünf Wormser Badeanstalten lagen im Floßhafen. Die unterste auf diesem Bild ist das »Poseidon«, die darüber betrieb die Familie Hessen, die oberste wurde vom Wassersportverein unterhalten.

Früher lag der »Fürst« noch am Pegelhäuschen (oben), später weiter rheinabwärts (unten am linken Bildrand). Unser Bad war »es Städtische« (Kreis).

liefen Leinen, an den unteren Enden war ein Leibchen, in das der Schüler schlüpfte. Nun hing er in dem Leibchen an der Angel. Der Bademeister hielt ihn gerade so über Wasser, dass er einerseits die Übungen im Wasser machen konnte, ihm das Gefühl, eventuell unterzugehen, aber genommen wurde. Noch heute klingen mir seine Kommandos: »Eins (lang gezogener Ton), zwei, drei (schnell folgend)«, die sich laufend wiederholten, in den Ohren.

Unser Badezeug bestand aus einem Handtuch, einem Hemdchen und Höschen für den Heimweg. Wir brauchten keine Badetasche!

21

Bei meinem Rückblick in die Zwanziger- und Dreißigerjahre finde ich, dass vieles für uns Kinder einfacher war, als es heute ist. Wenn ich daran denke, dass wir mitten auf der Straße spielen konnten, die Trottoirs bekritzeln, uns in den Häusern verstecken und an den Häuserwänden Ball spielen durften, muss ich sagen: Wir Kinder hatten's gut! Niemand hat uns weggejagt, wenn wir unseren Ball zwischen den Fensterfronten an die Wand warfen, so fest, dass er auch wieder zurückkam. Wir spielten Ärmchen, boxen, giegsen, über die Schulter und unterm Knie den Ball hindurch. Oftmals schauten uns die Bewohner der Häuser vom Fenster aus zu. Hatten wir Kinder der Zwanzigerjahre, trotz vieler Entbehrungen, nicht den Himmel auf Erden? Natürlich waren wir von unseren Eltern auch angehalten, uns nicht ungehorsam zu benehmen. Die Leute, denen man begegnete, grüßte man. Beim Lehrer oder Pfarrer, oder wenn man jemandem die Hand gab, machte man einen Knicks. Die Eltern belohnten das mit einem Lob, auf das wir stolz waren.

Die Zeit der großen Ferien, wie wir die Sommerferien nannten, war herrlich. Wir waren wieder die »Gassekinner«, wie vor unserer Schulzeit. Was hätten wir auch in der Wohnung machen sollen? Immer nur mit den Puppen spielen oder Märchenbücher betrachten? Richtig lesen konnten wir nach der kurzen Schulzeit auch nicht. Fernsehen mit Kinderprogramm gab es nicht, ganz zu schweigen von Märchenkassetten, die man nur einzuschieben braucht, den richtigen Knopf drücken und schon stehen Hänsel und Gretel, Schneewittchen oder der gestiefelte Kater vor den Augen der Kinder. Wir machten uns unsere eigenen Bilder von den Märchenfiguren.

Auf der Straße war auch im Sommer viel mehr los als zu den übrigen Jahreszeiten. Da kam täglich der Gießwagen mit den gebogenen Rohren, in denen Löcher waren, damit das Wasser heraussprudeln konnte. Die waren so angebracht, links und rechts des Wagens, dass sie beim Entlangfahren am Bordstein die halbe Straßenseite und das Trottoir berieselten. Einmal die Straße rauf und runter, war die volle Breite nass und kühl. Dass wir Kinder diese schöne Abkühlung nutzten, war klar. Barfuß hüpften wir in den Wasserstrahlen herum. Die leichten Sommerkleidchen, die dabei nass wurden, trocknete die Sonne wieder schnell.

Gefreut haben wir uns auch immer, wenn der große Wagen der Brauerei mit dem schönen, braunen Pferd davor in die Friesenstraße kam, um den Leuten, die damals schon einen Eisschrank hatten, Stangeneis zu bringen. Es waren rechteckige Eisstangen, die die Männer mit einem Haken an einer langen Stange aus dem Kastenwagen zogen und so aufgespießt in die Hausflure gleiten ließen. Dabei erscholl der Ruf durchs Treppenhaus: »Eis!« Sofort gingen die Bewohner, die das Eis bestellt hatten, ans Werk, damit ja nicht so viel von dem köstlichen, kalten Nass schmilzt. Mit Eimer und Hammer ging's dem Eis an den Kragen.

22

Beim Zerkleinern der Eisstangen mit dem Hammer spritzten auch kleine Eisstückchen ab, die im Hausgang liegen blieben. Die holten wir Kinder uns und lutschten genüsslich die Bröckchen. Aber es gab auch ab und zu richtiges Speiseeis. An manchen Sonntagen schob der Eismann seinen wunderschön bemalten, manchmal mit Bananen geschmückten oder mit einem Dächelchen versehenen Wagen durch unsere Straße. Die Bananen waren an einer Kordel aufgehängt, die an zwei Stäben befestigt war. Beim Fahren des Eiswagens schwenkten sie hin und her und ihre glatten, gelben Schalen glänzten in der Sonne. Noch mehr

Schön war's, wenn der große Wagen der Brauerei Stangeneis anlieferte.

glänzte der schwungvolle Deckel des Eisbehälters, der unter der Oberfläche des Wagens im Schatten hing und mit Eisstücken kühl gehalten wurde. Mit einer Glocke, die er schwang und die voll tönte, machte der Eismann auf sich aufmerksam. Ich glaube, es gab in der Friesenstraße kein Kind, das sich nicht für fünf Pfennig Eis kaufen durfte. Wir standen brav um den Wagen herum und warteten geduldig – oder auch ungeduldig –, bis wir an der Reihe waren. Eisportionierer und Tütchen gab's nicht. Waffeln, vielleicht

In der Friesenstraße gab es wahrscheinlich kein Kind, das
sich nicht für fünf Pfennig Eis kaufen durfte.

sechs bis sieben Zentimeter lang und halb so breit, waren die
Unterlage fürs Eis. Mit einer Spachtel kam eine bestimmte
Menge – der Eismann hatte das im Griff – auf die Waffel,
eine zweite darauf, und fertig war die Eisportion für fünf
Pfennig. Man leckte immer rundherum, indem man das
Eispäckchen ständig drehte, dass ja nichts abtropfen konnte
und verlorenging. Für zehn Pfennige gab es eine größere
Portion und eine dritte Waffel, die einen Boden bildete.

Noch so eine Besonderheit der Zwanzigerjahre: das »Waschschiff«.

Und noch eine Besonderheit, die es schon lange nicht mehr gibt und die im Sommer von vielen Wormser Bürgern genutzt wurde, war das »Waschschiff«.

Es lag an der Außenmole, die den Schirrhafen, wir Wormser sagen Winterhafen, vom Rhein trennt. Man ging mit dem Waschkorb voll schmutziger Wäsche dorthin. Es war meistens Buntwäsche, die sowieso nicht gekocht werden musste. Das Schiff hatte in der Mitte einen Gang, in dem man auf Dielen stand, links und rechts an der Langseite jeweils Bretter, um die Kleidungsstücke daraufzulegen und zu bürsten. Die obligatorische Schmierseife, weiche und härtere Bürsten waren das Handwerkszeug. Das Waschschiff erreichte man über einen Steg, weil es von der Mole weg, frei im Rhein liegen musste, bedingt durch die Drahtkörbe, die links und rechts an der Außenseite des Schiffes angebracht waren. Es waren an jeder Seite drei, sodass sechs Frauen zur gleichen Zeit dort waschen konnten. In diese Körbe, durch die das Rheinwasser floss, kamen die behandelten Wäsche- oder Kleidungsstücke und wurden ohne das Zutun von Menschenhand gespült. Die bunten Stoffe waren zu der Zeit noch nicht alle indanthren, sodass die Farben beim Waschen oft aus- oder ineinanderliefen. Das verhinderte das fließende Rheinwasser, das die Wäschestücke kräftig durcheinanderwirbelte, sie immer wieder mit frischem Wasser versorgte. Sie behielten ihre schöne Farbe.

23

Zum Trocknen waren über dem Schiff Drähte gespannt, an denen man die Wäsche aufhängen konnte. Der Wind, der meistens am Fluss weht, besorgt das Weitere. Bis alles trocken war, saßen wir Kinder, meine Schwester und ich, oben auf der Mole und schauten den Schiffen zu, die den Rhein auf- und abwärts befuhren. Wie auch schon auf dem Hinweg gingen wir an der Rückseite des heutigen Naturfreundehauses – das Gelände wurde von einem Ruderclub genutzt, der seine Pritsch im Floßhafen liegen hatte – unter der Rheinbrücke hindurch zur Kastanienallee. Wieder unter den Schatten spendenden Kastanienbäumen zum »schrägen Weg«, der durch die Schrebergärten zum Nibelungenring führt. Dadurch schneidet man ein Stück des Weges ab und man ist gleich zu Hause. So ein Waschtag war in jedem Sommer ein neues Ereignis.

Auch das Bleichen der weißen Wäsche war Sommerarbeit. Mit der vorher auf dem Küchenherd im Waschtopf gekochten Wäsche, die x-mal von der Seifenlauge durch Spülen befreit werden musste, ging es mit dem nassen Inhalt des schweren Waschkorbs wieder durch die Kastanienallee zur Kisselswiese. Dort wurde die Wäsche auf dem Gras ausgebreitet. In einer mitgebrachten Gießkanne holte meine Mutter Wasser an der Schwengelpumpe, die am Rande des kleinen Festplatzes stand, ging am »Rheincafé« vorbei zur Wiese mit der Wäsche, wo wir Kinder auf die Mutter warteten. Die Wäsche, die schon ein wenig angetrocknet war, wurde besprengt, nochmal frisches Wasser an der Pumpe geholt, nach leichtem Trocknen wieder begossen. An der Böschung der Kisselswiese ruhte sich Mutti so lange aus, bis die Wäsche »bügelrecht« war, das heißt nicht ganz durchgetrocknet, damit das Bügeln leichter ging. Leichter war auch der Korb auf dem Heimweg, den ich mit meiner Mutter gemeinsam trug. Mit der nassen Wäsche hatten wir uns ganz schön abgeschleppt.

Was haben wir es doch heute mit dem Wäschewaschen so gut. Wir brauchen nicht zu waschen, das macht die Waschmaschine. Wir brauchen auch nicht zu bleichen, um die Wäsche weiß zu bekommen oder um Flecken zu beseitigen. Dafür gibt es Mittelchen, die man zur Wäsche in die Maschine gibt und schon ist alles gut. Es ist im Laufe der Jahrzehnte vieles leichter geworden. Schon das tägliche Kochen auf dem Kohlenherd, ob Sommer oder Winter, war mit Arbeit verbunden. Für das Großreinemachen am eigenen Leib, das heißt das Baden am Samstag, musste auch im Sommer fest eingeheizt werden, um das Wasser heiß zu bekommen. Bei uns daheim wurde dann die Hitze zum Backen des Sonntagskuchens ausgenutzt.

Es gab, außer an den Feiertagen, immer nur Hefekuchen mit Belag je nach Jahreszeiten. Vom Restteig wurde ein flacher Blechkuchen gebacken, der mit Zucker und Zimt bestreut und mit Butterflöckchen besetzt war. Der durfte, nach getaner Arbeit, schon samstags gegessen werden. Dazu gab's dann eine Tasse Kathreiner Malzkaffee.

24

Man war überhaupt der Zeit entsprechend bescheiden. Man kaufte in kleinen Mengen ein, so viel, wie der Haushalt gerade benötigte. Der Tante-Emma-Laden war die

Abwechslung der Frauen. Auch beim Bäcker und Metzger traf man sich und hielt ein paar Plauderminütchen. Butter und Käse gab es im Fachgeschäft, wurde in der Größenordnung Achtel oder Viertel eingekauft, zum Milchholen nahm man die Milchkanne mit ins Milchgeschäft. Mit dem Schoppenblech wurde aus einer Zwanzig-Liter-Kanne die gewünschte Menge abgemessen. Man konnte auch die Milch bestellen, die dann täglich um dieselbe Zeit von einem Milchmann gebracht wurde, ganz gleich ob man Parterre oder im obersten Stock eines Hauses wohnte. Die große Milchkanne stand auf einem Handwägelchen, das der Milchmann auf dem Trottoir vor dem Hause stehen ließ, mit einer kleineren rannte er die Treppen hoch und bediente seine Kunden. Einmal wöchentlich ging man zum Bezahlen ins Geschäft. Das war ein Vertrauen den Käufern gegenüber, obwohl das Geld knapp war.

Viele Leute kauften in »ihrem« Lebensmittelgeschäft den Bedarf einer Woche auf Pump. »Mir kaafen uffs Bichelche.« Diese Art des Einkaufens bestand darin, dass der Kunde ein kleines Heftchen anlegte, in das die Beträge der gekauften Waren eingetragen wurden. In den Zwanziger- und Dreißigerjahren gab es viele Arbeitslose, die stempeln gehen mussten. Das hieß sich wöchentlich auf dem Arbeitsamt melden, um einen Stempel zu bekommen, damit sie ihr Arbeitslosengeld ausbezahlt bekamen. Die meisten Männer übergaben ihren Frauen das Tütchen, in dem das Geld steckte. Davon wurde dann das Gepumpte bezahlt, im Büchelchen gestrichen und gleich wieder Neues mitgenommen. So hangelten sich eine Menge Familien von einer Woche zur anderen.

Eine Bereicherung des Speisezettels war die Wurstsuppe, die man am Schlachttag bei »seinem« Metzger holen durfte. Oft stand man mit der Milchkanne Schlange. Wenn dann noch beim Kochen der Würste eine oder zwei geplatzt waren, dann war das ein Festessen, mit Wurstbröckchen und Nudeln einfach köstlich!

Getränke zum Essen, wie das heute üblich ist, gab es nicht, zumindest nicht bei den einfachen Leuten. Wenn man Durst hatte, trank man hinterher Wasser aus dem Wasserhahn, »Kranewasser«. Wir Kinder brauchten dazu kein Glas. Über dem Wasserstein kam aus der Wand der »Krane«, mit einem roten Gummischläuchelchen dran. Das nahmen wir in den Mund, drehten den Wasserhahn leicht auf und konnten so unseren Durst stillen. Unseren Durst stillten wir, wenn wir unterwegs waren, an den Pumpen, die im Stadtgebiet an vielen Stellen standen. Mit dem Schwengel wird das Wasser hochgepumpt, die hohle Hand unter der breiten Ausguss-Schnute befördert das Wasser in den Mund. Das schmeckt! Getränkemärkte waren zu meiner Kinderzeit nicht üblich. Man kaufte vielleicht mal eine Flasche Selters, die im Volksmund »Klickerwasser« hieß. Der Ausdruck kam daher, weil als Verschluss ein Klicker diente, der durch den Druck der Kohlensäure nach oben in den Hals der Flasche gepresst wurde und somit die Flasche verschloss. Zu einem besonderen Anlass gab es auch mal für uns Kinder eine Limonade. Ein Fläschchen Wein, das man sorgsam im Keller aufbewahrte, war für die Feiertage gedacht, doch manchmal gab's für die Eltern sonntags ein Gläschen. Bier in Kästen oder in Verpackungen kannte man nicht. Es gab's zwar in Flaschen, doch eine Flasche Bier war schon Luxus.

25

Wenn der Vater mal ein Bierchen trinken wollte und nicht ins Lokal – oder besser gesagt: in die »Wertschaft« – ging, holten wir Kinder mit der Milchkanne, die sowohl für Milch und Wurstsuppe als auch Bier gut war, oder einem anderen Gefäß ein Bierchen am Schalter der Gastwirtschaft. Der Schalter war ein kleines Fenster mit einer Klappe, durch die das Gewünschte gereicht wurde. Sie befand sich neben dem Eingang der Gaststube. Bis man mit dem Gerstenbräu nach Hause kam, war der Schaum meistens weg, doch Vater war froh, seinen Durst nicht mit Krane- oder Klickerwasser löschen zu müssen.

Die Sommerzeit diente auch dazu, den Winterbrand zu ergänzen. Das Geld zum Bezahlen der Kohlen war angespart, also konnten sie eingekellert werden. Früher waren die Kellerlöcher an den Häusern mit einer Eisenklappe versehen, die in der Mitte eine drehbare Rosette zum Verschließen hatte, damit sie, wenn es windig war, nicht so klapperte. Wollte man das Kellerfenster ganz öffnen, konnte man es hochklappen und mittels eines Ringes, der am unteren Rand des Deckels angebracht war, in einen Haken an der Hauswand einhängen. Das musste man auch tun, bevor die bestellten Kohlen angeliefert wurden.

Je nach den zu beheizenden Öfen wurden verschiedene Kohlensorten beim Händler bestellt. War die Menge der Bestellung groß, wurden die Kohlen mit einem Pferdefuhrwerk vors Haus – besser gesagt: vors Kellerfenster – gefahren, dort auf dem Trottoir abgeladen. Bei kleineren Bestellungen genügte ein handgezogener oder geschobener Wagen, bei dem auch, wie beim Fuhrwerk, das hintere Brett des Kastenwagens herausgezogen wurde, um die Ladung abzukippen.

Nun hieß es »Schipp, schipp, hurra!« Mit Schaufeln wurde der wertvolle Winterbrand, den man aber auch im Sommer zum Kochen brauchte, in die Tiefe geschafft. Für uns Kinder war das was Tolles! Wir durften helfen, durften barfuß zwischen den Kohlen herumlaufen, durften uns dreckig machen, was wir sonst nicht durften. Aber beim Kohleschippen hatten wir ein altes Kleid an, brauchten nicht aufzupassen. Mein Vater hatte in der einen Kellerecke einen Holzkasten gezimmert, der bis zur Mitte des Kellerlochs reichte. Damit die Kohlen in diese Kiste fielen, mussten meine Mutter und wir Kinder, die helfen durften, aufpassen, dass wir nur in eine Hälfte der Öffnung schaufelten. Die danebengefallenen Kohlen wurden später im Keller aufgesammelt und in die Kiste befördert.

26

Die Briketts, die in keinem Haushalt fehlten, weil sie zum »Anhalten« des Feuers gebraucht wurden, brachte der Kohlenhändler an einem anderen Tag. Beides zusammen hätte man nicht gepackt. Die Lieferung spielte sich in der gleichen Weise ab, wie die der losen Kohlen. Diesmal brauchte man keine Schaufel. Die Briketts wurden per Hand durchs Kellerfenster geworfen, aber sorgfältig, damit nicht so viele zerbrachen. Im Keller wurden dann die Briketts fein säuberlich an einer Wand aufeinandergesetzt, wie eine Mauer aus Backsteinen. Die Brocken, die beim Aufprall auf den Kellerboden entstanden, kamen daneben in ein Kistchen.

Wer seinen Keller nicht zur Straßenseite hin hatte, für den waren die Kohlen teurer. Die »Kohlemänner« mussten sie, in Säcken verpackt, in die Keller tragen. Da das Ausschütten der Säcke in einem engen, niedrigen Kellerraum Staub aufwirbelt, schützen sie ihre Kleidung mit einem Jutesack, dessen Ecken sie ineinandersteckten. So entstand eine Kapuze mit einem langen Lappen für den Schutz des Rückens, auf dem die zentnerschweren Kohlensäcke die enge, steile Treppe hinuntergetragen wurden.

Nachdem unsere Kohlen alle im Keller waren, ging's los mit der Reinigung des Trottoirs. Zuerst wurde gekehrt, was einen Mordsstaub aufwirbelte, dann mit Schrubber und unzähligen Eimern Wasser der schwarzen Schicht ein Ende bereitet. So ein Sommertag, an dem die Kohlen für den

Winter geliefert wurden, war immer mit viel Arbeit verbunden. Doch das Gefühl, für die kalte Jahreszeit versorgt zu sein, hatte Vorrang.

Nach dem – für mich tollen – Erlebnis mit den Kohlen war eine Generalreinigung unumgänglich. Dazu durfte ich – mit frischer Wäsche, einem Handtuch und einem Stück Kernseife unterm Arm – in die Städtische Badeanstalt gehen. Nachdem ich mit dem fließenden Wasser des Rheins, das nach dem Einseifen allen Schmutz wegschwemmte, wieder passabel aussah, ging ich – nach noch ein paar Runden Schwimmen zwar hundemüde, aber glücklich – nach Hause. Ich freute mich schon auf das nächste Jahr, wenn es wieder heißt: »Schipp, schipp, hurra!«

Die Säcke zur Zipfelmütze machen, wie es die Kohlemänner tun, war auch bei den »Äschemännern« Brauch. Wo viel geheizt wird, gibt es auch viel Asche. In regelmäßigen Abständen wurde die »Äsch« von den Äschemännern abgeholt. Zu jedem Haus gehörte früher ein Hof. In dem wurden an der Teppichstange die Bodenbeläge geklopft, die Wäsche zum Trocknen aufgehängt, Holz zersägt und in handliche Stücke gehackt, die fein säuberlich zu Bündelchen verschnürt wurden. Ihren Platz bekamen sie im Keller neben den Kohlen.

27

Die Hinterhöfe der Häuser, die für so vielerlei Dinge benutzt wurden, waren auch der Standort für die Behältnisse, in der die Asche bis zum Abholen aufbewahrt wurde. Jeder Mieter hatte einen alten, großen Topf oder einen Eimer im Höfchen stehen, in den er die Asche aus dem Aschekästchen seines Herdes schüttete. Die Äschemänner fuhren mit ihrem handgeschobenen Wagen, der aus einem hölzernen Kasten und zwei Rundhölzern bestand, an der Häuserfront entlang. Da die Haustüren nicht verschlossen waren, gingen sie in die Höfe, holten Eimer und Töpfe, mit Asche gut gefüllt, und kippten den Inhalt in den Kasten ihres Wagens. Die leeren Gefäße ließen sie auf dem Trottoir stehen. Die Bewohner trugen ihre »Dreckkästen« wieder in den Hof. Die Asche, die in Worms von den Äschemännern gesammelt wurde, landete im Wäldchen auf dem »Äschebuckel«!

Außer Asche gab es kaum andere Abfälle. Küchenabfälle wie Kartoffelschalen, Strunk und Rippen von Gemüse und Salat, Kerngehäuse und Schalen von Obst wurden getrocknet und verbrannt, ebenso Verpackungsmaterial, das aus Pappe und Papier bestand. Vieles, was heute in Plastikschachteln oder -bechern verpackt ist, gab es früher lose, oder es waren Verpackungen aus Pappe. Doch selbst damit ging man sparsam um. Eier in einer Pappschachtel, Salz im Paket – das gab es nicht. Genauso wenig wie Gemüse und Salat, Käse, Wurst und Fleisch in verschweißter Klarsichtfolie. Wozu hätten die Menschen der Zwanzigerjahre Mülltonnen in verschiedenen Farben gebraucht?

In den Hinterhöfen spielten auch wir Kinder hin und wieder. Durch Stricke abgeteilt oder durch Markierungen auf dem Boden, teilten wir den Hof in Wohnungen ein. Mit unseren Puppen, den Puppenbettchen und weiterem Zubehör richteten wir uns so richtig gemütlich ein. Wenn unsere Kinder ausgeschlafen hatten, besuchten wir uns gegenseitig. Weil man dem Besuch ja auch etwas anbieten möchte, so wie wir das von den Erwachsenen kennen, sammelten wir schon vorher Taubnesseln. Die kleinen, weißen Blütchen, die zwischen den behaarten, grünen Blättern der Pflanze sitzen, servierten wir auf großen Blättern, die wir auch vorher suchten. Gemeinsam mit unserem Besuch »zuckelten« wir den Saft der Blüten aus, der etwas süßlich schmeckt. Hm, war das gut! Gut war auch, dass die nesselartig behaarten Blätter der Taubnessel nicht brennen. Wenn ich heute, neunzig Jahre später, auf einem Spazierweg Taubnesseln sehe, bin ich verführt, die Blüten auszusaugen. Sie schmecken noch genau so gut wie in den Zwanzigerjahren und erinnern mich an meine Kindheit.

28

Die Zeit bleibt nicht stehen und auch der schönste Sommer geht seinem Ende zu. Mit ihm auch die großen Ferien. Nun heißt es wieder weniger spielen, dafür mehr lernen. Noch einmal denken wir an die Erlebnisse des Sommers zurück. An das Schwimmen im Rhein, an das Stangeneis für die Eisschränke, von dem wir die beim Zerhacken abgespritzten Eisbröckchen lutschten. In Gedanken sind wir noch mal auf dem Waschschiff, das so schön schaukelte, wenn ein Schiff vorüberfuhr, denken ans Barfußlaufen. Wir sehen den Eismann mit seinem wunderschönen Wagen, an dem die Bananen hingen, denken an die langen, hellen Abende, an denen wir lange aufbleiben durften.

Doch auch der Herbst bringt uns viel neues Erleben. Drachensteigenlassen war angesagt. Mit unserer Mutti gingen wir ins Schreibwarengeschäft, in dem es auch buntes Papier, das fest war, zu kaufen gab. Diesmal brauchten wir es nicht zum Bastelunterricht in der Schule; aus dem bunten Papier entstand ein Drachen. Fürs Gerippe kauften wir feine Lättchen aus leichtem Balsaholz. Mit Papa, der sich als Meister im Drachenbau zeigte, durften wir aus Lättchen, Klebstoff und Papier einen Drachen machen. Der bekam einen langen Schwanz aus den Resten des bunten Papiers, der wichtig zum Steuern ist, befestigt an einer dünnen Schnur. Eine sehr lange, dünne Kordel, die auf ein Holzbrettchen gewickelt wurde, diente zum Aufsteigenlassen und zum Wieder-aus-der-Höhe-zur-Erde-Holen. Die meisten Drachen wurden auf abgeernteten Feldern steigen gelassen.

Man sagt ja: Wenn der Wind über die Stoppelfelder weht, lässt man Drachen steigen. Da wir Stadtkinder keine Stoppelfelder haben, auf die wir gehen können, müssen wir uns einen anderen freien Platz suchen, auf dem der Drachen ungehindert in die Höhe steigen kann. Für uns Friesensträßer war das kein Problem. Gleich hinter unseren Häusern war der Nibelungenplatz, nicht weit die Kisselswiese. Zum Steigenlassen brauchte man einen Anlauf von mehreren Metern, den hatten wir auf beiden Plätzen, ohne Baumbestand, der das Auf- und Absteigen behindern könnte. Erst wenn der Wind den Drachen fest im Griff hatte, konnte man die Kordel langsam lockern und unser Drachen schwebte in der Luft. Stolz schauten wir unseren Drachen nach, wie sie immer höher und höher flogen.

Das Spielen auf der Straße machte bei herbstlichem Wetter auch keinen großen Spaß. Beim Klickerspielen wurde der Zeigefinger, mit dem man angewinkelt die kleinen Kugeln auf dem Boden entlangschubste, kalt und steif. Auch das Ballspielen machte keine Freude. Beim Boxen und Gieksen bekam man Schrunnen an den Knöcheln der Hände. Hickelkreis ging noch, da hüpfte man sich warm. Deshalb war das Drachensteigenlassen eine schöne Abwechslung.

29

Unaufhaltsam reiht sich ein Tag an den anderen. Kühle Herbsttage haben den Altweibersommer abgelöst. Man ist mehr daheim in der warmen Stube als draußen im Freien. Die warme Stube war in den Zwanzigerjahren in den meisten Familien die Küche. Sie war der Mittelpunkt, oftmals der einzige geheizte Raum, da spielte sich alles ab. Es war der Arbeitsraum der Hausfrau, da wurde gekocht, gegessen, Kuchen gebacken, Wäsche gewaschen, gebadet, gebastelt und Handarbeiten gemacht, die Hausaufgaben verrichtet, Märchenbücher vorgelesen, gesungen und Gedichte gelernt. Die Familie rückte näher zusammen, wenn draußen der Herbstwind die Blätter der Bäume durch die Luft wirbelt. Früher waren die Küchen geräumig, keine kleinen Kochküchen, wie das heute Mode geworden ist.

An einem großen Tisch, manchmal mit einer einfachen Bank oder einer Eckbank dahinter und Stühlen drumherum, hatten alle Platz. Mit Spielen, bei denen auch die Eltern mitmachten, vertrieben wir uns die Zeit. Und unsere Eltern hatten Zeit für uns Kinder. Die mussten keine Nachrichten und sonstige wichtige Meldungen, Krimis oder Spielfilme im Fernsehen anschauen. Sie spielten mit uns »Mensch ärgere dich nicht«, »Fang den Hut«, »Spitz pass auf« und vieles andere mehr. Dazu war der Küchentisch, der eine glatte Holzplatte hatte, prima.

Wurde der Tisch mal für andere Dinge gebraucht und wir wollten spielen, machten wir »Baddei«. Ob das Wort von »Partei« kommt, weiß ich nicht. Für dieses Spiel brauchte man keinen Tisch. Man saß sich gegenüber, oder wenn mehrere Personen teilnahmen, im Kreis. Wir spielten es mit Knöpfen verschiedener Größe, die wir aus Mutters Knopfkästchen holten. Jeder Mitspieler bekam eine gewisse Menge Knöpfe, die er in seinen Schoß legte. Davon nahm er einige in die geschlossene Hand, streckte sie aus, sodass sie jeder sehen konnte, rief: »Baddei, wie viel drin?« Man musste raten. Sagte man eine Zahl, die höher war als die Knöpfe in der Hand, musste man die fehlende Anzahl von den eigenen hergeben. Das Gleiche galt, wenn man eine niedrigere Zahl geraten hatte. Wurde die genaue Anzahl genannt, bekam man den Inhalt, der in der Hand war. Wer zuerst keine Knöpfe mehr hatte, war der Verlierer, und wer zum Schluss die meisten hatte, der Gewinner. Dieses Spiel haben wir stundenlang spielen können, es war so kurzweilig und machte Spaß. Mir fällt gerade ein, dass »Baddei« vielleicht auch von Part/Teil oder von Partie/Menge kommt und ins Wormserische übersetzt wurde.

Im goldenen Oktober war die Weinlese der Liebfrauenmilch-Traube. Da in der Amandusgasse die Wingerte nur mit Maschendraht vom Gehweg abgegrenzt sind, gibt es für uns Kinder viel zum Gucken. Die sonst so stillen Weingärten leben. Frauen mit bunten Kleidern, hübschen Kopftüchern, mit Eimer und Habschere, gingen singend durch die langen Reihen der Rebstöcke und schnitten unter dem Laub die reifen Trauben. Männer mit Bütten auf der Schulter leerten die Eimer und brachten das kostbare Obst, aus

dem edler Wein wurde, zu den Anhängern, die am Abend
von einem Traktor geholt und zu Langenbach oder Valcken-
berg, beides sind Weingüter, die ein Stück Liebfrauenmilch
Wingert besaßen, gefahren wurden.

30

Wie Kinder sich über einen Henkel Trauben freuen können,
kann man sich heute, wo es zu jeder Jahreszeit Trauben
auf dem Markt, im Obst- und Gemüseladen und sogar im
Supermarkt gibt, nicht vorstellen. Wir waren glücklich,
ein paar Trauben geschenkt zu bekommen, die uns *so* gut
schmeckten, obwohl sie manchmal sauer waren.

Schon wieder sind meine Gedanken in der Amandusgasse. Nachdem wir Kinder der Zwanzigerjahre auch älter
geworden sind, hat das Spielen der Gassekinner, so wie es
einmal war, seinen Reiz verloren. Wir mussten uns eine
andere Freizeitbeschäftigung suchen. Weil wir gerne etwas
anstellten, machten wir »Schellepartieschers«! Wenn
wir ein Haus sahen, an dessen Haustüre eine Klingel war,
schellten wir und warteten, bis wir hörten, dass jemand von
innen an die Tür kam. Bevor aufgeschlossen wurde, rannten
wir davon, damit wir nicht erwischt wurden. Es gab zu der
Zeit noch keine Sprechanlage und keinen Türöffner. Man
schaute zum Fenster hinaus, um zu sehen, wer Einlass ver-

Besonders eignete sich der Klingelzug des Remeyerhof-Klosters für die
Schellenpartie.

langt, aber abends, wenn wir unseren Schabernack trieben,
konnte man nichts sehen. Natürlich warteten wir in einem
Versteck, ob unser Leute-Ärgern auch Erfolg hatte. Dann
lachten wir uns halb tot, wenn die Gefoppten schimpften
und riefen: »Euch erwisch ich mal!«

Am meisten Spaß hatten wir bei der Schellenpartie am
Remeyerhof-Kloster. Das Klostergebäude stand mitten
in einem Weinberg, Ecke Amandusgasse / Remeyerhof-

straße. Es war von einer Mauer umgeben, über die wir nicht schauen konnten. Nur das Dach war von der Straße aus zu sehen. Von einer kleinen Pforte aus kam man auf einem Sandweg zum Kloster. An der Mauer neben der Eingangstür war ein Klingelzug angebracht. Den gab es sonst nirgends in unserer Umgebung und der war es auch, der uns Kinder so anzog. Dieser Klingelzug bestand aus einer in sich gedrehten Eisenstange, die mit einem Hebel an der Mauer befestigt war. Am unteren Ende befand sich ein runder Griff, an dem man ziehen musste, um die Glocke ertönen zu lassen. Wenn wir gezogen hatten, waren wir immer mucksmäuschenstill, damit wir hörten, ob das Ziehen am Eisenstab auch Erfolg hatte. Die schlürfenden Schritte eines Mönchs auf dem sandigen Gehweg und ein Schlüsselgeklapper gaben uns die Bestätigung. Ehe die Pforte geöffnet war, verschwanden wir um die Ecke und rannten durchs Amandusgässchen heim, als wäre der Teufel hinter uns her. Daran merkt man, dass wir doch ein schlechtes Gewissen hatten; wir wussten, dass das nicht recht war, was wir anstellten. Beim Nach-Hause-Laufen führten wir uns an den Händen, damit die Kleineren, die nicht so schnell springen konnten, mitkamen. Die Angst saß uns im Nacken, und doch gingen wir immer wieder zum Kloster, weil halt der Klingelzug etwas Besonderes war.

31

Je näher es auf Weihnachten zuging, desto stiller wurde es auf der Straße. Die Adventszeit ist eine stille Zeit, die Zeit der Besinnlichkeit. Obwohl auch in der Friesenstraße inzwischen Gasleitungen verlegt waren, die uns »Gaslicht« bescherten, benutzten wir an den langen, dunklen Abenden immer noch unsere Petroleumlampe. Die hing an einer Wand seitlich des Tisches in der Küche. Ihr Licht war wärmer als das der Gaslampe, die an der Decke hing. Auch das Anzünden des Strümpfchens, durch das Gas strömte, war gar nicht so einfach. Meine Eltern taten es mit einem Fidibus, der war weich, und so konnte man das Strümpfchen nicht beschädigen. Das saß in der Mitte auf einer »Waage«, die an den Enden Kettchen hatte, mit denen man die Helligkeit regulieren konnte. Bei der Petroleumlampe war das einfacher und auch gewohnt. Zylinder ab, Docht etwas nach oben gedreht, angezündet, die Leuchtstärke reguliert, Zylinder wieder drauf und der Raum war, wenn auch etwas spärlich, erleuchtet. Natürlich hatte das Gas den Bewohnern eine große Erleichterung gebracht. Man brauchte im Sommer, bei der Hitze, zum Kochen und Kuchenbacken nicht mehr den Kohlenherd anzuheizen. Gas angedreht, angezündet, und man konnte kochen. Das Kuchenbacken samstags wurde bei uns immer noch nach alter Sitte im Kohlenherd gemacht, weil wir nur ein kleines Gasöfchen mit zwei Kochstellen hatten, das auf einem

Eisengestell thronte. Zweitens musste das Badewasser für die wöchentliche, gründliche Reinigung erwärmt werden. Das wackelige Gestell des Gasherdchens würde vielleicht dem vollen, schweren Waschtopf nicht standhalten.

Seit die Gasleitungen verlegt waren, hatte jeder Haushalt eine Gasuhr. Die war an der Wand angebracht, hatte eine Anzeige über den Gasverbrauch. Wenn diese Drehscheibe rot anzeigte, war es an der Zeit, zehn Pfennige, mit denen die Uhr »gefüttert« wurde, in den Schlitz zu werfen. Wir hatten extra ein kleines Döschen für Zehn-Pfennig-Stücke, denn man wäre »aufgeschmissen«, wenn während des Kochens das Gas ausging.

Die Adventszeit nutzten wir Kinder der Zwanzigerjahre, um Weihnachtsgeschenke herzustellen. Da wurde gebastelt, gehäkelt, gestrickt und gestickt. Was wir nicht in der Schule beim Handarbeitsunterricht gelernt hatten, brachte uns die Mutter bei. Geld, um Geschenke zu kaufen, hatten wir Kinder der damaligen Zeit nicht. Ein regelmäßiges Taschengeld, wie das heute üblich ist, gab es nicht. Man bekam mal fünf der zehn Pfennige für eine gute Schulnote, im Sommer mal ein »Fünferle« für ein Eis, und wenn »Mess« war, gab es Messgeld. Das gab ich immer für die »Kettenreitschul« aus, weil die am billigsten war und man so schön weit hinausfliegen konnte. Die sogenannten »Messen« waren jeweils eine Woche im Frühjahr und im Herbst. Zwischendurch waren auf dem Marktplatz an den närrischen Tagen, Fastnachtsamstag und Sonntag sowie Rosenmontag, ein Karussell und ein paar Buden aufgestellt, während die anderen Messen auf drei Plätze in der Stadt verteilt waren: Marktplatz, Nibelungenplatz und Juxplatz.

32

Er war der interessanteste von den drei Plätzen. Auf ihm standen die Schaubuden, in denen es Unwahrscheinliches zu sehen gab. Die dicke Berta, die Frau ohne Unterleib, Liliputaner, die ihr tägliches Leben vorspielten. Messerwerfer, Feuerschlucker, Entfesselungskünstler und die todesmutigen Männer mit ihren Motorrädern an der Steilwand. Vor den Buden standen die Menschen eng beieinander, um ja nichts zu übersehen oder zu überhören, was der Ansager lautstark verkündet. Das Knattern der Motoren an der Steilwand zog die Männer an wie das Licht die Motten. Außerdem war ein Panoptikum da, durch dessen Bullaugen, die alles vergrößerten, man die unheimlichsten Dinge sehen konnte. Natürlich durften auf der »Mess« auch nicht die »Gutzstände« fehlen. Ein »Gutzstobbe« in rot, blau, gelb oder geflammt kostete zwei oder drei Pfennig.

Die ganze Woche über waren die Rummelplätze voll von Menschen. Es war zu dieser Zeit eine Abwechslung; man traf Bekannte, konnte ein Schwätzchen halten. Die Gemeinsamkeit hatte gegenüber heute, wo jeder für sich vorm Fernseher sitzt, noch einen größeren Stellenwert. So war es auch an Fastnacht. Gemeinsam, ob man sich kannte oder nicht, wurde durch die Stadt gezogen. Gekaufte Maskenkostüme hatten den Vorrang, bei Maskenbällen getragen zu werden. Auf der Straße war man halt so maskiert mit dem, was einem zur Verfügung stand: ein alter Rock von der Oma, ein närrisch Hütchen, das Gesicht angemalt oder mit einem Nachthemd und einer Kerze in der Hand, als »Darmolmännchen«. Ich lieh mir oftmals eine Seppelhose von einem Jungen aus der Nachbarschaft. Das Wichtigste an Fastnacht war die »Kladderadatsch«. Mit der konnte man jemand einen freundlichen Klaps geben, um anzubändeln. Wenn kräftig zugeschlagen wurde, tat das schon weh, und so mancher wurde regelrecht verprügelt. Das war nicht die feine Art!

Die Maskenbälle, die in allen großen Sälen der Stadt gefeiert wurden, waren immer rappelvoll. Und es waren echte Maskenbälle, denn die Frauen trugen Masken, damit sie von ihren Männern nicht erkannt wurden, auch das Kostüm war das Geheimnis der Frau. Die Ehepaare gingen getrennt zu den Veranstaltungen, und so mancher Mann suchte unter den bis zur Unkenntlichkeit maskierten Damen seine Angeheiratete. Wer nicht erkannt werden wollte, musste vor Mitternacht den Saal verlassen, denn Punkt zwölf Uhr war Demaskierung.

Ich erinnere mich noch an einen Abend, an dem meine Eltern zum Maskenball gingen. Mein Vater, ein stattlicher, dunkelhaariger Mann, ging als Maharadscha. Er musste vorausgehen. Wir Kinder durften zusehen, wie Mutti sich verkleidet. Sie zog ein für die damalige Zeit verpöntes kurzes Kleidchen mit Stufenvolants an, das sie selbst genäht hatte, und nannte es »Pirouette«. Sie sah entzückend darin aus. Die Haare kämmte sie sich anders, setzte ein keckes Hütchen auf, befestigte die Larve mittels Gummi, die sie hinter die Ohrmuscheln klemmte. Selbst wir Kinder hätten sie nicht erkannt. Wird Papa sie entdecken? Wird sie ihn zum Tanz auffordern (denn bei Maskenbällen war immer Damenwahl)?

33

Aber auch die »tollen Tage« gehen mit dem Abend des Fastnachtsdienstags zu Ende, doch nicht bevor die Wormser in Scharen zum Rhein pilgerten. Die meisten kletterten zwischen Hagendenkmal und Rheinbrücke die Böschung hinunter, um ihr Portemonnaie, in dem sowieso nichts mehr drin war, mit Rheinwasser auszuwaschen. Ob dieses Ritual noch heute betrieben wird, entzieht sich meiner Kenntnis, denn mit neunundachtzig könnte ich mir das sowieso nicht mehr leisten.

Advent und Weihnachten, wie es früher war
Meine Gedanken, die in die Fastnachtszeit abgeschweift waren, gehen zurück in die Adventszeit. Wir Kinder sind eifrig dabei, unsere Weihnachtsgeschenke für die Eltern, Großeltern, Onkel und Tanten fertig zu bekommen. Zwischendurch müssen wir Weihnachtsgedichte lernen, denn wenn am Sechsten der Nikolaus kommt, muss das Gedicht, das wir für ihn aufsagen, ohne zu stottern vorgetragen werden. Und dann ist es endlich so weit! Polternd steigt er

die Treppe hoch. Was ich einmal an einem Nikolausabend erlebt habe, muss ich unbedingt erzählen.

34

Früher, ja früher war es so. Wir Kinder glaubten, dass der liebe Gott im Himmel auf seinem Thron sitzt und alles sieht, was auf der Erde passiert. Da im Himmel viel Platz ist, wohnt auch das Christkind dort und natürlich auch die Engel, die ihm helfen müssen, dass die Geschenke für die braven Kinder rechtzeitig zu Weihnachten fertig werden. Wo der Nikolaus wohnte, wusste man nicht so recht.

Ob er mit seinem Schlitten vom Himmel kam, so wie es die Bilder in den Weihnachtsbüchern zeigen? Aber er selbst sagt zu den Kindern, denen er etwas bringt: »Von drauß' vom Walde komm ich her!« Ob er wirklich nur vom Wald kommt? Aber das kann doch eigentlich gar nicht sein. Er kann doch nicht das ganze Jahr im Wald wohnen, dann wäre er doch sicher einmal von dem einen oder anderen Wanderer gesehen worden. Darf ein Nikolaus lügen? Wir Kinder dürfen doch auch nicht lügen. Deshalb blieb es für uns ein Rätsel, woher er kam. Hauptsache ist, er kommt. Und weil wir das mit dem Nikolaus nicht so richtig einordnen konnten, nahmen wir die ganze Sache auch nicht so ernst. Schon vor dem 6. Dezember hüpften wir herum und sangen: »Heut Abend kommt der Nikolaus, / Was will er denn von mir? / Ich nehm ihn an der Zipfelmütz / Und werf ihn vor die Tür!«

Wo immer er auch herkam, ob aus dem Walde oder vom Himmel, alle Jahre wieder, am 6. Dezember, dem Nikolaustag, polterte es abends pünktlich um sechs Uhr im Treppenhaus und vor unserem Abschluss. Wenn wir auch ab einem gewissen Alter nicht mehr so recht an ihn glaubten, schlug uns, wenn er so polterte, das Herz doch etwas höher. Schade, dass ausgerechnet heute Abend unser Papa nicht zu Hause war, wo doch der Nikolaus kommt! Mutter sagte uns, dass er etwas Wichtiges zu tun hätte, aber er würde sich beeilen, so schnell wie möglich heimzukommen.

Nun stand er vor uns, der Nikolaus mit seinem Sack und der Rute. Wir besahen ihn uns ganz genau. Sein Gesicht konnte man nicht sehen, denn sein dicker, langer Bart verdeckte alles. Zudem hatte er die Kapuze seines Mantels tief in die Stirn gezogen. Aber seltsam: Er hatte die gleichen Schuhe an, wie unser Vater sie besitzt. Klopfenden Herzens sagten wir unser Sprüchlein auf, das wir vorher so oft geprobt hatten. Unglaublich, was der Nikolaus alles von uns wusste.

Er zählte alle unsere Sünden auf. Manchmal gab es einen kleinen Klaps mit der Rute, doch wenn wir versprachen, uns zu bessern, belohnte er uns mit einem Apfel oder einem Lebkuchen, auf den ein Bild von ihm aufgeklebt war. Die Plätzchen, die er uns schenkte, sahen aus wie die, die Mutti gebacken hatte. Na ja, sie half ja auch dem Christkind, Weihnachtskonfekt zu backen, und wenn er vielleicht doch im Himmel wohnt, hat ihm das Christkind welche gegeben.

Gleich danach, als der Nikolaus sich verabschiedet hatte und versprach, nächstes Jahr wiederzukommen und zu schauen, ob wir unsere Versprechen auch eingehalten haben, kam auch Papa heim. Er bedauerte es sehr, dass er den Nikolaus auf der Straße nur von hinten sah, als er gerade in ein Haus ging. Aber nächstes Jahr will er bestimmt dabei sein, wenn der Nikolaus wieder kommt.

Ja, und so war es auch. Die ganze Familie, die Eltern und wir Kinder, warteten am 6. Dezember des darauffolgenden Jahres auf den Nikolaus. Natürlich wie immer Punkt sechs ging das Gepolter los. Diesmal war es furchterregend. Der Nikolaus kam schweren Schrittes in unsere Wohnung, hatte außer der Rute und dem Sack, in dem die Geschenke waren, noch einen großen Sack bei sich, den er so hinter sich herzog. Er sagte, dass darin die bösen Kinder seien, die ihr Versprechen sich zu bessern nicht eingehalten hatten. Deshalb habe er sie in den Sack gesteckt. Den Sack stellte er vor sich auf den Boden und trat mit dem Fuß dagegen. Da bewegte sich etwas, sicher war da schon ein Bösewicht drin, denn man sah ja, dass der Sack nicht leer war.

Ich erinnere mich noch genau, was dann an diesem Nikolausabend geschah. Meine fünf Jahre jüngere Schwester verpetzte mich beim Nikolaus und ehe ich mich es recht versah, nahm er mich unter seinen Arm und steckte mich in den Sack. Ich landete unsanft darin, er nahm den Sack auf und warf ihn über seine Schulter, was mir ganz schön wehtat. Mit seinem lauten, schweren Schritt ging er zur Tür hinaus ins Treppenhaus. Meine Mutter lief ihm hinterher, bat ihn, mich bei ihr zu lassen, denn eigentlich sei ich ein braves Mädchen und meine Schwester hätte das nicht so gemeint. Nikolaus hatte ein Einsehen, ließ mich aus dem Sack krabbeln, in dem keine bösen Kinder waren, sondern Kapok, den mein Vater als Polsterer brauchte. Die Flocken hingen an meinen Kleidern und kitzelten mich an der Nase. Dieser 6. Dezember hat mich noch sehr lange beschäftigt, viele Gedanken gingen mir durch den Kopf. Die Fragen, die ich mir stellte, wollten mir damals die Erwachsenen nicht beantworten, und ich war so verunsichert, weil ich keine Antwort fand. Die konnte ich mir Jahre danach selbst geben.

36

Die Adventszeit und der Weihnachtsabend

Meine Gedanken gehen rund achtzig Jahre zurück, in die Zwanzigerjahre. Damals begann die Vorweihnachtszeit mit dem 1. Advent, nicht wie heute schon im November. Bei uns zu Hause war sie eine besinnliche Zeit. In den Abendstunden nahmen sich die Eltern viel Zeit für uns Kinder. Wir hatten ja auch so viele Fragen, was den Advent und Weihnachten betraf. In der gemütlichen Küche, dem wärmsten Raum in der Wohnung, erfüllten der Schein und der Duft der Kerzen den Raum. Wir machten gemeinsam Spiele, die aus ganz einfachen Dingen bestanden. Zum Beispiel »Teekesselchen raten«, »Alle Vögel fliegen hoch«, einen Satz dem Nachbar ins Ohr flüstern, den der Letzte dann wiederholen musste, wobei dann immer etwas anderes herauskam, oder mit Mutters Knöpfen aus den Dose ein Handratespiel, »Wie viel habe ich in der Faust?«. Während Mutter das Abendessen richtete, sangen wir Weihnachtslieder. Meine Schwester und ich probten noch mehrmals das Gedicht, das wir vor dem Weihnachtsbaum aufsagen mussten, damit wir ja nicht hängen bleiben. Erst danach durften wir unsere vom Christkind gebrachten Geschenke in Besitz nehmen.

Ja, so war es früher!

An manchen Abenden schälte mein Vater sehr sorgfältig einen Apfel. Die Schale war sehr dünn und an einem Stück. Er sagte, dass man in der Winterszeit besonders behutsam mit den Äpfeln umgehen müsse, denn sie hätten jetzt »goldene Stiele«, seien deshalb so wertvoll! Jeder von uns vieren bekam ein Viertel des Apfels. Die Schale, die wie eine lange Schlange aussah, wurde auf die heiße Herdplatte gelegt. Sie hüllte den Raum in einen wunderbaren Duft! Ein paar Nüsse, die auch wertvoll waren, wurden vorsichtig geknackt, und wir Kinder waren selig ob dieser Köstlichkeiten. Es roch so nach Äpfeln und Nüssen!

Ja, so war es früher!

Es roch aber auch an manchen Tagen nach »Plätzchen backen«. Mutter sagte uns, dass sie dem Christkind helfen müsse. Wenn wir dann auch noch helfen durften, war das für uns ein besonderes Erlebnis. Mit kleinen Förmchen stachen wir aus dem Teig Tannenbäumchen, Herzen, Engel und viele hübsche Figuren aus. Aus dem kleinen Restteig rollten wir ein Würstchen, das wir zur Brezel formten. Nach dem Backen im Backofen des kohlebeheizten Küchenherdes wurde das Konfekt, wie man früher die Weihnachtsplätzchen nannte, – in einer Pappschachtel gut verpackt und noch besser versteckt – bis Weihnachten aufgehoben. Die Brezelchen und eins, zwei Plätzchen, die etwas dunkler geworden waren, durften wir gleich essen.

Das Konfekt war etwas ganz Besonderes. Es gab es nicht wie heute, wo es schon Wochen vorher in den Auslagen der Bäckereien zu sehen und zu kaufen ist.

An den Abenden, an denen die tief stehende Wintersonne den Abendhimmel in ein purpurfarbenes Licht taucht, standen wir Kinder am Fenster und schauten andächtig in den Abendhimmel. So ein leuchtendes Abendrot gibt es nur in der Vorweihnachtszeit. Mutter hatte uns erzählt, dass das Christkind Konfekt backt und der Feuerschein des Backofens am Himmel zu sehen sei. Wir glaubten unserer Mutter, und erst als das Abendrot blasser wurde, gingen wir vom Fenster weg. Kein Wunder, dass das Weihnachtsgebäck eine Köstlichkeit war, hat es doch das Christkind mit Hilfe der Engel gebacken.

Wenn wir mit unserer Mutter in den Abendstunden der Adventszeit die Schaufenster der Spielwarenläden anschauen durften, waren wir glücklich. Es sah alles so anders aus als sonst, so feierlich, so hell erleuchtet. Wir konnten uns nicht sattsehen an all den Dingen, die das Christkind ausgestellt hatte, drückten unsere Nasen ganz fest an die Scheiben der Schaufenster. Dass sie kalt waren, spürten wir nicht; unsere roten Bäckchen glühten vor Aufregung. Kaufen konnte man ja nichts, nur sich etwas aussuchen von den schönen Sachen. Da gab es Puppen, eine schöner als die andere. In schräg gestellten Kartons, um den Hals ein Gummiband, damit sie nicht aus ihrem Kasten

Weihnachtlicher Glanz in der Fußgängerzone.

fielen, das auf der Rückseite des Kartons verknotet war, waren sie ausgestellt. Die Wahl, die Schönste herauszufinden, fällt nicht leicht. Und das ganze Drumherum, kaum zu fassen! Im nächsten Schaufenster für die Buben war alles in Bewegung. Da fuhren Eisenbahnen nonstop an der Bahnstation vorbei, verschwanden in einem Tunnel, überholten Züge, die gerade hielten. Aus den Dampfmaschinen quoll weißer Rauch, und die Märklinbausätze mit den unzähligen Kleinteilen zeigten ihre »Endprodukte«. Zu Hause schrieb man dann seinen Wunsch oder seine Wünsche auf einen

Wunschzettel, den dann irgendwann über Nacht das Christkind holte. Was gab man sich mit dem Schreiben Mühe, damit das Christkind es auch ja lesen konnte.

37

Die Zeit bis zum Heiligen Abend wollte und wollte nicht vergehen. In unserem Herzen die bange Frage: Wird das Christkind etwas von dem Gewünschten bringen? Schon eine Weile vor dem 24. Dezember war die Tür unseres großen Zimmers, das im Winter wegen des Heizens nur für besondere Anlässe benutzt wurde, verschlossen. Der emaillierte, elegante Zimmerofen wurde angeheizt. Mein Vater trug abends ganz verstohlen und – wie er glaubte – unbemerkt in nasse Zeitungen eingewickelte Briketts in die Stube, die im Anschluss an unser Wohnzimmer lag. Die nassen Zeitungen sorgten dafür, dass die Glut länger hielt, die Briketts nicht so schnell verbrannten. Schließlich muss die gute Stube an Weihnachten gemütlich warm sein, auch ohne Zentralheizung.

Doch dann war er endlich da, der 24. Dezember, Weihnachten, Bescherabend! Was sonst nur samstags geschah, war alle Jahre wieder an diesem Tag üblich. Nachmittags wurde die Waschbütte, die normalerweise an der Wand im Klo hing, in die Küche gestellt. Während im Backofen des

Küchenherdes der Festtagskuchen backte, wurde die Hitze ausgenutzt und im großen Waschtopf, in dem sonst die Wäsche gekocht wurde, das Badewasser erhitzt. Gewaschen wurden wir mit Kernseife, die auf der Oberfläche des Badewassers und am Rand einen weißgrauen Schleier hinterließ. Zuerst kam meine kleinere Schwester in die Wanne. Nachdem der Belag vorsichtig von der Oberfläche des Wassers abgeschöpft war, kam für mein Bad frisches Wasser hinzu. Der große Waschtopf wurde erneut gefüllt, das Wasser für weitere Bäder erwärmt. Die Eltern wollten sich ja auch fein machen für das Christkind.

Nach der Badeaktion wurden wir sonntäglich angezogen, durften in der Wohnstube auf das Christkind warten. Immer wieder sagten wir unser Weihnachtsgedicht auf, damit wir nachher vor dem Christbaum nicht hängen bleiben. Nun kamen auch die Eltern ins Zimmer. Die Badewanne hing wieder an ihrem angestammten Platz, die Küche war wieder fein herausgeputzt. Wir erzählten über Weihnachten und dass in dieser Nacht der Heiland geboren sei. Unterdessen war es dunkel geworden. Mutter sagte, sie wolle uns den fertigen Kuchen zeigen, der auf dem Küchentisch zum Auskühlen stand und verführerisch duftete. Als wir in der Küche waren, hörten wir den Klang eines zarten Glöckchens. War das eben das Christkind oder haben wir uns getäuscht? Unsere Herzen schlugen höher!

Es war Punkt sechs Uhr, als das Glöckchen erklang. Innerlich erregt gingen wir zu unserem Weihnachtszimmer. Die Tür stand weit offen, der Raum war erfüllt vom Schein der Kerzen am Weihnachtsbaum. Mit großen Augen sahen wir die schön geschmückte Tanne an, die gestern noch vorm Fenster hing. Wann hat das Christkind den Baum geschmückt? Artig wie jedes Jahr machten wir vor dem Weihnachtsbaum einen Knicks und trugen unser Gedicht vor. Unsere Blicke gingen verstohlen zu den Spielsachen, während Vater eine kleine Weihnachtsgeschichte vorlas. Gemeinsam sangen wir Weihnachtslieder.

Dann endlich durften wir unsere Spielsachen anschauen. Da war wieder die Puppenküche, mit der meine Mutter als Kind spielte. An dem Fenster ist ja ein neuer Vorhang und auf dem Stühlchen am Küchentisch sitzt ein niedliches Schildkrötpüppchen. Das war voriges Jahr noch nicht da. Ach und meine Annemarie, die das Christkind vor einiger Zeit geholt hatte, sitzt mit wunderschönen, neuen Kleidern unterm Weihnachtsbaum. Ach, der Puppenwagen hat ja neue Kissen! Aber was ist denn das auf dem Hocker? Das ist ja ein Kaufladen! Sieht der schön aus! Und was es da alles zu kaufen gibt: winzig klein, aber ganz echt wie in einem richtigen Laden. Wir kommen aus dem Staunen nicht heraus. Wann hat das Christkind das alles gemacht? Um Puppen und die alten Spielsachen neu erscheinen zu lassen, war die Mutter das Christkind. Der Vater hatte, wenn wir im Bett waren und vom Christkind träumten, in unzähligen Abend- und Nachtstunden mit Laubsäge, Leim und unendlicher Geduld eine Menge Einzelteile zu einem Kaufladen zusammengebaut.

Außer den althergebrachten Spielsachen gab es bei uns zu Hause jedes Jahr ein Geschenk vom Wunschzettel. Wir hatten ja auch so höflich geschrieben: »Liebes Christkind, ich bitte dich« und »Ich will auch immer brav sein.« Das muss das Christkind doch gelesen haben.

Dieses Weihnachtsgeschenk war nicht in Geschenkpapier eingepackt mit Bändchen und Anhänger. Es lag mit den Geschenken für die ganze Familie zwischen Socken, warmer Unterwäsche, einem Pullover und manch Nützlichem auf dem Zimmertisch. Auch ohne Namensschild wusste jeder, was für ihn bestimmt war.

Christmette um Mitternacht

Doch noch etwas gehörte früher zum Heiligen Abend. Das war der Besuch der Christmette um Mitternacht, zu der mich mein Vater jedes Jahr mitnahm. Frühzeitig genug waren wir in der Dreifaltigkeitskirche, um wieder einen Platz in der vordersten Reihe auf der Empore zu bekommen. Die Kirche war proppenvoll! Ich sah unter mir die Menschen, die, mit dicker Winterkleidung dicht gedrängt, in den Bänken saßen.

38

Vor mir die hohe Tanne mit den großen, dicken Wachskerzen. Der goldene Stern auf der Spitze war zum Greifen nahe. Ich sah den Pfarrer die schmale, geschwungene Treppe zur Kanzel hochgehen. So nahe wie bei der Christmette war der Pfarrer im Kindergottesdienst mir nie. Ich vernahm die Worte: »Und es geschah zu der Zeit ...« Von der Predigt, mit all den fremden Wörtern, die ich als Vier-, Fünfjährige nicht kannte, verstand ich nichts. Meine Aufmerksamkeit galt dem Kirchendiener, wie man früher den Küster nannte. Mit einer langen Stange, an deren Ende ein Hütchen war, ging er immer wieder um den mit Lametta geschmückten und mit dicken Kugeln behängten Tannenbaum. Er beobachtete aufmerksam die flackernden Kerzen. Er hatte eine sehr verantwortungsvolle Aufgabe.

Ja, so war es früher!

Schon in der Kirche spürte ich die Kälte an meinen Beinen hochkrabbeln. Ich hatte Wollstrümpfe an, die »bissen«, und mein Stoffmäntelchen wärmte auch nicht besonders. Wir Mädchen trugen keine Hosen, und die warmen Steppjacken gab es auch noch nicht.

Ja, so war es früher!

Auf dem Heimweg durch die sternklare Nacht, Hand in Hand mit meinem Vater, vergaß ich die Kälte. Wir betrachteten den Sternenhimmel und ich suchte den Stern von Bethlehem, von dem mir mein Vater erzählt hatte. Er erzählte mir auf dem Heimweg von der Christmette auch von Kaiser Augustus, denn ich wollte wissen, was es heißt: »Es geschah zu der Zeit …«. Er konnte es mir so gut erklären, dass ich damals glaubte: »Jetzt weiß ich genau Bescheid!«

Unterwegs in den dunklen Straßen der Christnacht, in der ab und zu eine Gaslaterne ihr spärliches, fahles Licht auf den Gehweg schickte, begegneten sich Menschen, die einander nicht kannten. Sie gingen nicht wortlos aneinander vorbei. Sie riefen sich »Frohe Weihnachten« zu.

Ja, so war es früher!

39

In der Zeit gleich nach Weihnachten waren wir Kinder mit gegenseitigen Besuchen beschäftigt. Man wollte doch zeigen, was das Christkind gebracht hat, und bewunderte auch die Weihnachtsgeschenke der anderen Kinder. Und alleine mit Puppenküche und Kaufladen spielen machte auch keinen Spaß. Ein Höhepunkt war für mich, wenn ich meine Freundinnen zum Spiel mit der Puppenküche einladen durfte. Dann wurde auf dem kleinen Herdchen, das mit Spiritus geheizt wurde, gekocht und gebrutzelt. Kartoffelpfannenkuchen, eines der Leibgerichte, durften wir auf der heißen Ofenplatte des Küchenherdes backen. Den Apfelbrei dazu kochten wir auf unserem Herdchen. Die Schmiererei auf Mutters Herd war groß, aber geschmeckt hat's. Hm!

Heute scheint es mir manchmal so, als seien die Winter kälter, einfach winterlicher gewesen. Das kommt vielleicht auch daher, weil nicht alle Räume der Wohnung geheizt waren. Bei uns war die Küche – wie bei vielen Familien in dieser Zeit – der Raum, in dem man sich die Woche über aufhielt, in dem gekocht, gegessen, gewaschen, gebügelt, genäht, gehandarbeitet und die Hausaufgaben gemacht wurden. Es war so gemütlich in unserer Küche und so mollig warm. An den Sonntagen war auch das kleine Wohnzimmer geheizt, dessen Kanonenöfchen – mit einem Blech davor, das den Boden vor Funken schützte – vor Hitze glühte. Der

Sonntag hatte einen besonderen Stellenwert, da war die ganze Familie zu Hause oder unternahm etwas gemeinsam. Das große Wohnzimmer, unsere gute Stube, wurde während der Winterszeit nur zu bestimmten Anlässen, zu Geburtstagen, Weihnachten und Silvester und im neuen Jahr bis zum 6. Januar, dem Tag der Heiligen drei Könige, benutzt und schön mollig warm gemacht. Am Dreikönigstag wurde unser Christbaum abgeschmückt, die Kugeln vorsichtig in die einzelnen Gefache der Pappkästchen gelegt, das Lametta von den Ästen des Tannenbaums genommen, der schon ganz gewaltig nadelte. Die Silberfäden wurden glatt gestrichen, in ein Papier gerollt, sodass man sie nächstes Jahr wiederverwenden konnte. Die Kerzenhalter wurden von übergelaufenem Wachs befreit und Kerzenreste, wenn es nicht allzu kleine Stummel waren, zur Aufbewahrung mit allem Anderen in einem Karton verpackt, aufgehoben.

Winter mit Eis und Schnee

Wenn ich an die Winterszeit denke, sehe ich die wunderschönen Eisblumen an den Fenstern. Die tauten auch oftmals am Tag nicht auf, zumal nicht, wenn der Ostwind vom Rhein her, der Nordwind aus Richtung Liebfrauenkirche, durch die kahlen Rebstöcke in die Friesenstraße blies. Da draußen bei uns war es kälter als in der Stadt, wo die Häuser dicht beieinanderstehen. Das hatte aber auch für uns Kinder seine guten Seiten. Die Pfützen, in denen wir im Sommer nach einem Regen barfuß planschten, waren jetzt zugefroren. Wir machten sie zu langen Schleifen. Wir nahmen einen Anlauf und schlitterten über die spiegelglatte Fläche. Es wäre in unserer Straße niemand auf die Idee gekommen,

Salz, Sand oder Asche auf das Eis zu streuen. Die Erwachsenen ließen uns Kindern den Spaß, gingen auf dem Trottoir seitlich an den Schleifen vorbei.

40

Wir Kinder, die schon Schlittschuhe laufen konnten, waren mit der kleinen Eisfläche nicht immer zufrieden. Nachdem wir unsere Aufgaben gemacht hatten, hängten wir uns die zusammengebundenen Schlittschuhe über die Schulter und marschierten froh gelaunt durchs Wäldchen, über den Hammelsdamm zu der großen Wiese, die in eine Eisbahn verwandelt war. Die Feuerwehr der Stadt hat dieses Grundstück überflutet, damit die Wormser, ohne Eintritt zahlen zu müssen, das Vergnügen des Eislaufens hatten. Der Weg zur Eisbahn war zwar weit, aber er lohnte sich. Der Gang durchs Wäldchen mit den verschneiten oder von Raureif bedeckten Bäumen war es wert, die Strapaze auf sich zu nehmen. Von der Kälte spürten wir Mädchen nichts, obwohl wir Röcke oder Kleider trugen. Warme Jacken kannten wir auch nicht, und Hosen waren den Buben vorbehalten. Entweder trugen wir eine handgestrickte Weste oder – wie auch ich – einen Pullover, einen Schal zweimal um den Hals gewickelt und eine Strickmütze. Da konnte man ja gar nicht frieren!

Damit ich auf den Kufen der Schlittschuhe einen besseren Stand hatte, fräste mir mein Vater eine Rille ein. Ich war begeistert, wie toll ich damit laufen konnte. Nur das Festmachen der Schlittschuhe war manchmal nicht so einfach. Sie wurden an die normalen Winterstiefel angeschraubt. Ich weiß gar nicht, ob es damals schon Schuhe gab, an denen die Kufen dran sind, so wie es heute üblich ist. Auf jeden Fall waren meine Stiefel vom vielen Befestigen der Schlittschuhe ganz schön ramponiert. Die Krampen, die sich in Sohle und Absatz festsetzten, hinterließen ihre Spuren. Außerdem hatten meine Schuhe am Schaft in Höhe des Knöchels Lederflecken, sogenannte Riester, aufgenäht. Ich wetzte das Leder durch, weil ich beim Bogenfahren, um den Schwung zu bekommen, die Knöchel aneinander rieb.

Aber nicht nur das Schlittschuhlaufen war im Winter angesagt; auch das Rodeln machte uns Spaß. Sobald es geschneit hatte, zogen wir Kinder mit unseren Schlitten los. Jeder noch so kleine Buckel wurde ausgenutzt. Wir Kinder der Friesenstraße hatten das Glück, dass hinter unseren Häusern am Ringdamm, etwas tiefer gelegen, Schrebergärten waren. Diese schmalen, schrägen Wege machten wir zur Rodelbahn. Später, als Teenager, erlaubten uns die Eltern, auf dem Äschebuckel zu rodeln. Auf dem Hausberg von Worms, dem Äschebuckel, entstand im Winter eine Riesenrodelbahn. Bis in die Nacht hinein wimmelte es von Menschen, die sich auf der festgefahrenen Schneedecke tummelten. Ein, zwei Minuten hinuntersausen, zehn Minuten mit dem Schlitten und öfterem Ausrutschen den Berg wieder hochkrabbeln. Ja, das ist ein Wintervergnügen.

41

Die Monate Januar und Februar des Jahres 1929 waren besonders kalt. Wir Kinder, die wir nahe am Rhein wohnten, gingen Sommer wie Winter an den Hafen, weil es da immer was zu sehen gab. Wir wunderten uns, dass nur vereinzelt Schiffe lagen und bestaunten das Eis an den Uferwänden. Eine große Anziehungskraft hatten die schwimmenden Eisbrocken auf dem Rhein, die täglich größer wurden. Unter der Eisenbahnbrücke türmten sie sich auf zu bizarren Gebilden. Einmal gingen wir zur Brücke hin. Ich erinnere mich noch, dass wir den schmalen Holzweg, der neben den Eisenbahnenschienen entlangläuft und als Gehweg dient, bis zur Mitte hin gingen. Durch die Ritze der Bretter hindurch konnte man das aufgestaute Eis sehen, das wie ein schneebedecktes Gebirge anmutete. Im Bereich der Straßenbrücke lag das Wasser des Rheins bleiern still, wie ein See. Das Oberwasser, behindert durch eine dicke Eisschicht, hatte keine Strömung mehr.

Der 14. Februar 1929

An diesem für uns Wormser denkwürdigen Tag meldete die *Wormser Zeitung* in ihrer Morgenausgabe: »Der Rhein ist zugefroren!« Welch eine Sensation! Welch ein Ereignis! Bis zu fünfzehn Meter lange Eisbänke hatten sich zusammengeschoben, bis schließlich der gesamte Strom von einer Eisfläche bedeckt war. Welch riesenhaftes Wirken geheimer

Mit Erinnerungsfotos machten die Fotografen auf dem zugefrorenen Rhein das Geschäft ihres Lebens.

Kräfte. Zuletzt war der Rhein dreiunddreißig Jahre zuvor zugefroren gewesen. Es begann eine Völkerwanderung zum Rhein. Es gab kaum einen Wormser, der nicht auf dem zugefrorenen Strom spazierenging. Auch meine Eltern gingen mit meiner Schwester und mir auf und über den Rhein. Die Fotografen, die sich in der Menge tummelten, machten das Geschäft ihres Lebens. Jeder wollte ein Foto mit nach Hause nehmen. Auf dem Familienbild, das dieses

Büchlein schmückt und an den zugefrorenen Rhein erinnert, sind meine Eltern, meine dreijährige Schwester und ich als Achtjährige. Eine Woche lang dauerte das Spazierengehen auf dem Rhein. Am 20. Februar meldete die Zeitung: »Das Rheineis bricht!« Es wurde davor gewarnt, sich auf das Eis zu begeben. Doch am Ufer standen die Menschen, um das Schauspiel der berstenden Eisschichten zu bestaunen. Natürlich auch dabei: wir Kinder der Zwanzigerjahre.

Frühling
Doch auch auf den kältesten Winter folgt wieder ein Frühling. Die Lindenbäume auf dem Ringdamm, der heute Nibelungenring heißt, bekommen die ersten, zartgrünen Blättchen. Bis die Linden im dichten Blätterkleid dastehen, hat der Mai seinen Einzug gehalten. Den vollen Blütenduft der Linden, der betäubend wirkt, bescheren uns die Monate Juni und Juli.

Wir Kinder der Zwanzigerjahre waren eigentlich sehr naturverbunden. Doch manchmal machten wir Dinge, die vielleicht nicht so gut waren. Ich denke dabei an die Laubfrösche, die wir im Grün der Lindenblätter suchten. Man musste schon genau hinsehen, um so einen Frosch zu erkennen, der die gleiche grüne Farbe hat wie ein Lindenblatt. Wir waren stolz und glücklich, wenn wir ein Fröschlein mit nach Hause nehmen konnten. Mutter gab uns ein Einmachglas, in das ein wenig Laub kam, damit sich unser Findling wohlfühlen sollte. Ein aus dünnen Stäbchen gebasteltes Leiterchen fand im Glas seinen Platz, damit der Frosch auch klettern konnte. Das Einmachglas wurde mit Butterbrotpapier verschlossen, in das ein paar Löcher gemacht wurden.

Da durch bekam unser Fröschlein die notwendige Luft zum Leben und wir konnten ihm seine Nahrung ins Glas befördern. Die bestand aus Fliegen, die ich fangen musste. Am Anfang hatte ich damit Schwierigkeiten, aber mit der Zeit ging's ganz flott. Mein Frosch durfte doch nicht verhungern, der arme Kerl! Er durfte draußen auf der Fensterbank sein Leben in Gefangenschaft fristen. Für mich war er ein Wetterfrosch, der mal unten am Boden, mal oben auf der letzten Sprosse des Leiterchens saß. Wenn Letzeres der Fall war, glaubte ich fest daran, dass es schönes Wetter gibt.

42

Unsere zweite Leidenschaft war das Sammeln von Maikäfern. Dazu gingen wir Kinder der Zwanzigerjahre in die Kastanienallee – natürlich mit einem leeren Streichholzkästchen, in dem oben ein paar Löcher waren. Hatten wir einen Maikäfer gefunden, so setzten wir ihn – mit einem Blatt vom Kastianenbaum, damit er etwas zu essen hatte – ins Kästchen. Ab und zu durfte er heraus und wir ließen ihn auf unserer Hand oder am Arm klettern. Wenn er dann die Flügel spreizte und zum Flug ansetzte, hielten wir ihn in der Hand gefangen.

Da waren die Spiele »uff de Gass« doch besser. Nach einigen Überlegungen waren wir uns einig, dass wir in

Auf diesem etwas verwackelten Bild kann man uns mit den neuen Schulmützen sehen. Auch ich war stolz, eine zu tragen.

Zukunft diese Art des Spielens sein lassen. Wir trafen uns wieder in unserer geliebten Spielstraße, erinnerten uns an die alten Spiele und entdeckten neue. Wir waren glücklich, nach der Winterpause die Enge der Wohnungen mit der Freiheit auf der Straße tauschen zu können.

In irgendeinem Frühling standen für uns Friesensträßer Volkstänze auf dem Programm. Das kam daher, weil ich zu Weihnachten ein Tamburin vom Christkind bekommen hatte. Mit dieser schellenbesetzten Handtrommel konnte man zu unseren Tanzschritten so schön den Takt schlagen. Das Pflaster der Straße wurde zur Bühne. Wir hatten auch hin und wieder Zuschauer, wenn wir unsere Reigen aufführten. Das gab uns das Gefühl, fast »professionell« zu sein. Aber auch allein verbrachte ich mit meinem Tamburin viel Zeit. Es bot eine Menge Möglichkeiten, sich damit zu unterhalten. Auf dem Trommelfell konnte man mit viel Geschick in verschiedenen Spielarten harte Gummibällchen hüpfen lassen. Ich liebte mein Tamburin über alles und war stolz, es zu besitzen.

43

Schulwechsel

Die Zeit bleibt nicht stehen und so brachte der Frühling 1930/1931 für einige unter uns Kindern der Zwanzigerjahre einen Schulwechsel mit sich. Das uneingeschränkte Spielen auf der Straße hatte ein Ende. Von den Kindern, die weiter in die Volksschule gingen, wurden wir als etwas Besseres angesehen. Das kam wahrscheinlich daher, dass wir, wenn wir in die Schule gingen, Schülermützen trugen. Das war so üblich. Die Mützen waren aus königsblauem Satin mit weichem Innenfutter und einem glänzenden, schwarzen Bakelitschild. Um den Rand der Mütze wurde ein Ripsband gelegt, das in jedem neuen Schuljahr eine andere Farbe hatte.

Daran sah man, in welche Klasse man ging, wusste, wer es nicht geschafft hatte, versetzt zu werden. Warum war das eigentlich so, dass wir Mützen trugen wie die Studenten? Zugegeben: Auch ich war stolz, eine solche Mütze tragen zu dürfen, die jedem zeigte: Ich bin gescheit. Ob wir wirklich klüger waren als die, die nach wie vor »ohne« zur Schule gingen, das sei dahingestellt. In der sogenannten Höheren Schule wurde man mehr gefordert, hatte mehr Fächer, musste mehr lernen. Auch die Hausaufgaben waren ab jetzt umfangreicher. Vor allem waren es die Gedichte, die wir auswendig lernen mussten, die Zeit in Anspruch nahmen. Der Lieblingsdichter unserer Lehrerin war Goethe. Ihm zu Ehren wurde von uns ein kleines Gedichtbändchen angefertigt. Zudem war der Schulweg weiter als der, den wir in unsere Volksschule hatten. Ich brauchte für diese Strecke eine halbe Stunde, und das manchmal viermal am Tag, weil wir zwei- bis dreimal wöchentlich – wegen der Mehrstunden – nachmittags Unterricht hatten.

Da wir bisher nur Sütterlin – sowohl im Lesen als auch im Schreiben – kannten, war es für uns Kinder der Zwanzigerjahre, die einen Schulwechsel vollzogen hatten, gar nicht so einfach, nun plötzlich Latein zu schreiben. Nicht nur, dass eine Fremdsprache zum Pensum des Unterrichts kam, die für uns neu war; wir mussten auch das »Fremde« schreiben können. Französisch in Sütterlinschrift – das geht nicht. Ab jetzt wurde alles in Latein gelesen und geschrieben. Man musste üben, üben, üben! Da blieb fürs Spielen »uff de Gass«, wie das früher einmal war, keine Zeit.

Durch den Schulwechsel kamen auch neue Verbindungen zustande. Neue Freundschaften wurden geschlossen.

Man fand Freundinnen, die sich, so wie auch die Lehrer, im Poesie-Album, das zum guten Ton gehörte, mit Gedichten und Zeichnungen verewigten.

Gemeinsam unternahm man in der knappen Freizeit hin und wieder etwas. Doch nach wie vor hatten der Rhein und der Hafen bei mir einen hohen Stellenwert. Einige meiner neuen Freundinnen konnte ich überzeugen, dass es dort *so* viel zu sehen gibt! So zogen wir manchmal zu dreien, vieren oder mehreren, wenn nachmittags schulfrei war, oder in den Ferien, in denen man früher nicht immer in Urlaub fuhr, an den Rhein. Und das nicht nur im Sommer zum Baden.

44

Hafenamtsgebäude der »Rhenania«
Die kleine, allein stehende Villa am Weg zum Hafen war für uns ein besonderer Anziehungspunkt. Das schöne, in gotisierenden Stilformen gebaute Steinhaus, das durch das Einsetzen von Fachwerkteilen einen besonderen Reiz hat, steht an der Ecke der Straße »Zum Rhein« und dem mit Lindenbäumen bepflanzten Damm am Ende der Gärten, die den etwas tiefer gelegenen Platz zwischen Kastanienallee und Nibelungenring ausfüllen. Es hat ein mit Schiefer gedecktes Dach. Im Giebeldreieck ist in Stein gemeißelt das Wormser Stadtwappen. Was allerdings uns beeindruckte, war die Ein-

In den Zwanzigerjahren gehörte ein Poesie-Album zum guten Ton. So sieht meines aus.

gangshalle mit der Treppe, die mehrere Stufen hatte. Diese Treppe, die über eine Veranda ins Haus führt, war ideal für unsere Sprungkünste. Mit ein paar Stufen klein angefangen und immer ein bisschen höher, bis wir von oben bis unten alle Stufen schafften. Heute wundere ich mich darüber, dass wir auch da geduldet wurden. Sicher machten wir keinen Lärm.

Ich wundere mich noch heute, dass man uns spielende Kinder auch auf den Stufen des »Rhenania«-Amtsgebäudes gewähren ließ.

Dieses Haus war das Hafenamtsgebäude. Die »Rhenania« hatte dort ihre Büros. Das Interessanteste für uns, die wir ja jetzt gut lesen konnten, waren die vielen Zettel, die hinter den Fenstern des Gebäudes klebten. Es waren Nachrichten von den Reedereien an die Schiffsbesatzungen, Namen von Matrosen, die angeheuert hatten und denen eine Nachricht von zu Hause übermittelt wurde. Man konnte Schiffsnamen aus aller Herren Länder lesen, die Namen der

Eigner und die Anweisung, wo sie unterwegs Fracht aufnehmen können. Eine Reederei konnte sich, damals wie auch heute, Leerfahrten, ob zu Berg oder zu Tal, nicht leisten. Büros wie das der »Rhenania« gab es in allen Häfen. Auf den Postämtern in den Städten gab es zwar die Möglichkeit zum Telefonieren, doch oftmals hatte die Schiffsbesatzung keine Gelegenheit, in die Stadt zu gehen. Die Ladung der Lastkähne musste möglichst schnell gelöscht werden, damit wieder abgelegt werden konnte. Deshalb waren solche Verbindungsstellen notwendig.

Doch nicht jedes Schiff, das auf dem Rhein unterwegs war, hatte eine Ladung, die für Worms bestimmt war. Um diesen Schiffen Nachrichten zu übermitteln, gab es entlang des Rheins Orderstationen, so auch in Worms. An der Spitze der Landzunge zwischen Fluss und Hafeneinfahrt stand die Orderstation, die es seit 1900 gab. In dem Haus wohnte die Familie Klapdar. Dort war auch der Arbeitsplatz des »Wahrschauers«, der die Aktivitäten auf dem Rhein in seinem Blickfeld haben musste. Durch sein Fernglas konnte er frühzeitig die Schiffe ausmachen und sie den Reedereien zuordnen, da jede ein eigenes Logo hat. Diese Kennzeichnung der Zugehörigkeit ist an einem Wimpel zu sehen, der am Mast des Bugs weht. An dem ist auch die Flagge des Gastlandes zu sehen, auf dessen Gewässern die Güter transportiert werden. Am Heck flattert die Fahne des Heimatlandes. Was waren wir stolz, wenn wir wussten, zu welchem Land welche Fahne gehörte. Oftmals sind es gleiche Farben, mal längs, mal quer gestreift. Mit einer Fahne machte der Wahrschauer die Schiffe, denen er eine Nachricht zu übergeben hatte, auf sich aufmerksam. Während sie die Order-

Wilhelm Klapdar, der Wahrschauer, behielt die Aktivitäten auf dem Rhein immer im Blick und übermittelte mit seinem Sprachrohr Nachrichten an die vorüberfahrenden Schiffe.

station passierten, übermittelte Herr Klapdar mittels eines Sprachrohrs das, was die Schiffsbesatzung bei ihrer weiteren Fahrt auf dem Rhein wissen musste. Später wurde das Sprachrohr durch eine Lautsprecheranlage ersetzt, die eine große Erleichterung war.

Um die Landzunge herum lag an der Böschung des Rheinufers »die Boot«, mit der Herr Klapdar die vorbeifahrenden Schiffe anfuhr, wenn eine schriftliche Nachricht übergeben werden musste. »Die Boot« war kein Versehen, das heißt in der Sprache der Schifffahrt so.

Wir Kinder der Zwanzigerjahre freuten uns auch immer, wenn Hochwasser war. Da konnte man im Sommer am Rheinufer im Wasser waten und die vielen Schiffe betrachten, die nicht weiterfahren durften.

Das Fahren auf dem Rhein ging früher langsamer als heute. In unserer modernen Zeit ist jedes Schiff ein Selbstfahrer oder ein Schuber, an dem die Lastkähne vorne, hinten oder seitlich angekoppelt sind. Ein »Schiffszug«, wie ihn Vater Rhein früher auf seinem Rücken zu Berg oder zu Tal stromaufwärts und stromabwärts getragen hat, gibt es nicht mehr. Der Schiffsverband bestand aus einem Motorschiff an das, je nach Stärke des Motors, Lastkähne, sogenannte Leichter, angekoppelt wurden. Sie waren mit dicken Stahltrossen verbunden. Es sah aus, als würden die Motorschiffe, aus deren kurzen, breiten Schornsteinen dicker, dunkler Rauch quoll, eine Perlenkette hinter sich nachziehen. Die Wellen, die das Motorschiff machte, liefen wie eine weiche Schlange an den Bordwänden der Leichter entlang. Das war für die Spaziergänger am Rhein ein schöner Anblick.

Die Orderstation, hier schon mit Lautsprecheranlage, stand an der Spitze der Landzunge zwischen Fluss und Hafeneinfahrt. Mit »der« Boot konnte Herr Klapdar an die Schiffe heranfahren.

Wenn Hochwasser war, wateten wir am Rheinufer im Wasser und betrachteten die Schiffe, die nicht weiterfahren durften.

Die weichen Wellen hatten für uns Kinder, die wir schon gut schwimmen konnten und im offenen Rhein baden durften, eine ganz besondere Anziehungskraft. Wir schwammen an, auch ich, obwohl es meine Mutter nicht erlaubt hatte. Wir nutzten den Scheitel der Welle aus, die uns nach oben hob, ergriffen die Bordwand eines Leichters, der voll beladen tief im Wasser hing und schwupps ein Bein aufs Gangbord. Das andere nachziehen und schon rollten wir

Die Motorschiffe, aus denen dicke, schwarze Rauchwolken quollen, zogen die sogenannten Leichter hinter sich her, die wir mit Vorliebe anschwammen.

uns aufs Schiff. Oftmals hatten die Schiffsleute einen Hund, meistens einen weißen Spitz. Der kam kläffend auf uns zu, rannte eifrig hin und her, aber wie heißt es in einem Sprichwort: Ein Hund, der laut bellt, beißt nicht. Diese Erfahrung haben auch wir gemacht. Wir sind kein einziges Mal gebissen worden. Obwohl nicht nur meine Mutter, sondern auch die Mütter meiner Freundinnen nicht wissen durften, dass wir anschwammen, taten wir es doch heimlich. Was war das ein himmlisches Gefühl auf dem Schiff, ein Stück flussaufwärts bis zur heutigen Frankentaler Autobahnbrücke, die über den Rhein führt, mitgenommen zu werden, um sich dann, nach einem weiten Sprung ins Wasser, auf den Wellen des Rheins zum Ausgangspunkt schaukeln zu lassen. Sehr unangenehm war es, wenn ein Leichter frisch geteert war und die Spuren des Kohleproduktes am Bein zu sehen waren. Dann wurde mit Rheinsand geschrubbt und gerubbelt, damit Mutter nichts merkte. Wir Kinder der Zwanzigerjahre waren halt auch keine Engel!

45

Die Franzosen gehen, die Hessen kommen
Wenn ich an die kleine Villa am Weg zum Hafen denke, die heute in ihrer zeitlosen Schönheit noch genau so da steht, wie ich sie vor mehr als über achtzig Jahren sah, bin ich mit meinen Gedanken bei den Franzosen, die jeden Morgen um die gleiche Zeit auf dem Nibelungenring aufmarschierten. Voran der »Tambourmaschores«, der den Marschschritt angab. Die »Utschebebbes«, wie wir die französische Besatzung nannten, hatten einen schnellen »Trippelschritt«. Ungefähr so: »da-dara-dara-dada«! Wir Kinder hüpften hinterher und sangen:

Die Truppen der Franzosen ziehen aus der Kaserne aus. Im unteren Bild marschieren sie über die Brunhildenbrücke Richtung Güterbahnhof, von wo es in die Heimat geht.

Geb dem Kind sei Nud-del-che, geb dem Kind sei Fläsch-je,

geb dem Kind sei Nud-del-che, geb dem Kind sei Flasch:

aw-wer rasch, aw-wer rasch, aw-wer rasch!

Nach dem kurzen Kommando »à droite« machte die Truppe eine Rechtswendung ums Haus herum Richtung Hafen. Dort kontrollierte sie die Schiffe und das Ladegut. Schließlich hatte die Besatzungsmacht noch am linken Rheinufer das Sagen.

Ein Aufatmen der Erleichterung ging durch eine Menge der linksrheinischen Bewohner, als 1930 der Abzug der Franzosen erfolgte. Freisein war ein neues Lebensgefühl nach zwölf Jahren Besatzung. Dass eine Besatzungsmacht Einschränkungen mit sich bringt, spürten auch die Mainzer am Beispiel Fastnacht. Der Stadtkommandant, General Riçambeau, verbot jegliches Fastnachtstreiben. Die Mainzer ließen sich nicht unterkriegen und sangen auf den Straßen »Ritzambaa, Ritzambaa, moje geht die Fassnacht aa!« Dieser Fastnachtsschlager hat sich bis heute gehalten. Aus dem französischen Namen des Stadtkommandanten wurde auf Määnzer Art »Ritz am Baa«. Der Fastnachtsschlager hat sich bis heute gehalten und wird nicht nur in Mainz gesungen. »Ritz am Baa, moje geht die Fassnacht aa«, schallt es aus unzähligen Kehlen an den närrischen Tagen. Auch der

Auch der feierliche Einzug der hessischen Polizei nach Worms bot wieder einmal einen willkommenen Anlass, zum Rhein zu kommen und zu gucken und zu staunen.

Ausdruck »Mach kää so Fisimatende«, der so viel bedeutet wie »besuch bloß ned des Zelt« hat seinen Ursprung in der Besatzungszeit. Die französischen Soldaten, welche in Zelten untergebracht waren, sagten zu den Mädchen: »visite ma tente« (besuch mein Zelt). Die Eltern verboten es ihren Töchtern mit den Worten: »Mach kää Fisimatende«.

An den Tag, an dem die französische Regierung ihre Truppen von der linksrheinischen Besatzungszone abzogen, kann ich mich noch gut erinnern. Es war ein Jubeltag, als

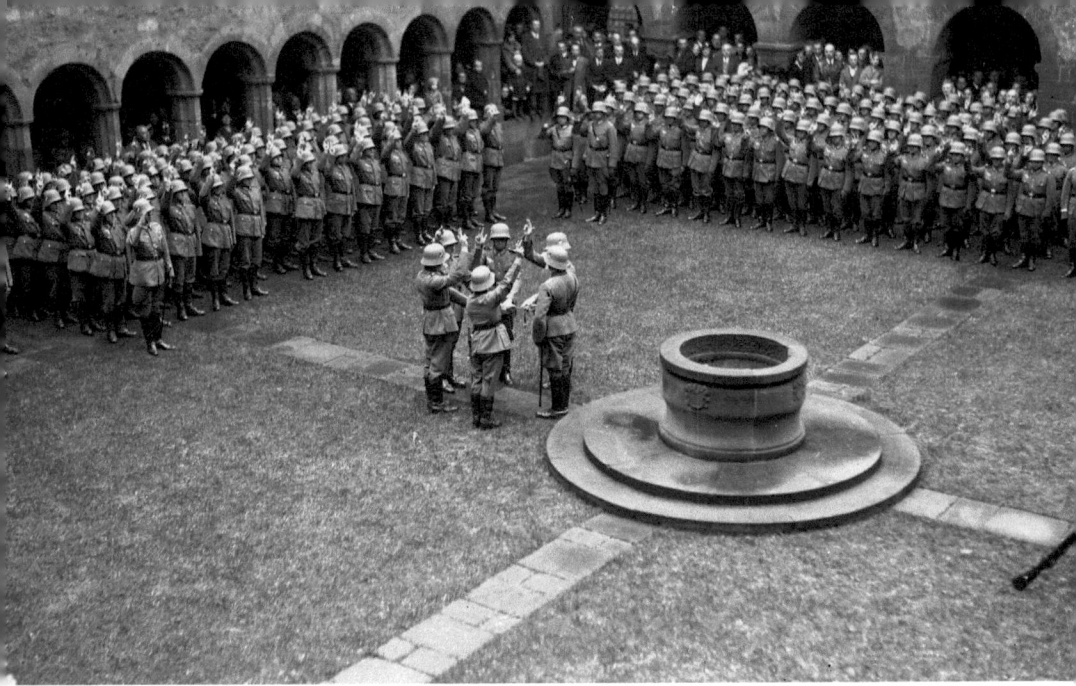

1936 wird das Wormser Pionierbataillon im Kreuzgang des Andreasstifts vereidigt.

die hessische Schutzpolizei über die Ernst-Ludwig-Brücke, die wir Wormser ganz einfach »unser Rheibrick« nennen, in Worms einzog. Stolze Männer auf edlen Pferden, Soldaten in geordneten Kolonnen, die festen Schrittes die Rheinbrücke erbeben ließen. So ist mir als Zehnjähriger der Einmarsch in Erinnerung.

Ich glaube, dass kaum ein Bürger von Worms, der es zeitlich einrichten konnte, an diesem denkwürdigen Tag zu Hause blieb. Auch meine Eltern gingen mit uns Kindern auf die Rheinbrücke, um der deutschen Polizeieinheit, die nun in Worms für Ruhe und Ordnung zu sorgen hatte, zuzujubeln. Viele Wormser säumten die Straßen, durch die die Truppen marschierten, um in die Kaserne einzurücken. 1936 fand die Vereidigung des Wormser Pionierbataillons im Kreuzgang des Museums statt.

Nachdem die Franzosen Worms verlassen hatten, kam eine unruhige Zeit. Bei den Bürgern hat sich eine Menge Unwillen aufgespeichert. Solange die Besatzer das Sagen hatten, konnten sie ihren Unmut nicht öffentlich zeigen, da brodelte es im Stillen. Doch jetzt war die Hölle los. Politische Gruppierungen lieferten sich in der Innenstadt regelrechte Gefechte. Die Polizei hatte alle Hände voll zu tun. Polizisten auf Pferden galoppierten durch die Kämmererstraße, um die rivalisierenden, kampfbereiten Menschen auseinanderzusprengen.

Die Kämmererstraße war früher die Einkaufsstraße. Da gab es ein Fachgeschäft neben dem anderen. Viele Wormser, auch wenn sie einen weiteren Weg zur Innenstadt hatten, kauften ihre Lebensmittel in Kaiser's Kaffeegeschäft, Ecke Kämmererstraße und Stephansgasse, ein. Das kam daher, weil man, wenn man genug Märkchen, die es bei jedem Einkauf gab, auf seiner Rabattkarte hatte, ein Geschenk bekam. Auch wir hatten ein Kaffeeservice aus weißem Porzellan mit blauem und gelben Rand vom Kaiser's Kaffeegeschäft. Ich hatte die Reste des Services geerbt und bis vor Kurzem noch die Butterdose in Gebrauch. Wenn meine Mutter mit mir und meiner fünf Jahre jüngeren Schwester in der sehr belebten Kämmererstraße einkaufte, verging fast kein Tag, an dem auch wir vor den Pferden und den Gummiknüppeln der Polizei flüchten mussten. Sobald die miteinander kämpfenden Männer die Polizisten kommen sahen, such-

Nur gut, dass Herr Lützenkirchen, der sein Geschäft zwischen Kaiser's Kaffeegeschäft und der Engelapotheke hatte, ein Herz für uns hatte.

ten sie Schutz vor den Schlägen, indem sie sich unter die friedlichen Menschen mischten. Da die Ordnungshüter von ihren Pferden herab mit Gummiknüppeln auf die Menge einschlugen, bekam auch so mancher Passant den Fußtritt eines Pferdes oder einen Schlag mit dem Gummiknüppel zu spüren, der auf den Köpfen landete. Wir Kinder waren dann immer sehr verängstigt. Fast alle Leute, die ungewollt in eine solche Lage kamen, versuchten in einem Geschäft Unterschlupf zu finden. Doch viele Firmen schlossen sofort ihre Eingangstüren ab, ließen die Rollläden herunter, um die Schaufensterscheiben zu schützen, die oft bei solchen

Auseinandersetzungen zu Bruch gingen. Sie ließen nieman-
den mehr hinein, weil sie Angst hatten, dass sich Randalierer
verbarrikadieren könnten. Eine große Ausnahme machte
die Firma Lützenkirchen, die in der Kämmererstraße zwischen Kaiser's Kaffeegeschäft und der Engelapotheke ihren
Laden hatte. Wenn man aus Angst klopfte und es Frauen
und Kinder waren, die draußen standen, zog Herr Lützenkirchen den Laden an der Eingangstür ein wenig hoch,
damit man hindurchschlüpfen konnte. Auch Mutti und wir
Kinder mussten des Öfteren diese Gelegenheit wahrnehmen. Daran denke ich noch sehr oft zurück.

46

Die Dreißigerjahre

Für uns Kinder der Zwanzigerjahre waren die Dreißi-
ger unsere Sturm-und-Drang-Jahre. Da waren wir Teenager, wie man heute sagen würde. In diesem Alter nimmt
man alles bewusst auf, und jede Kleinigkeit hat eine große
Auswirkung. Es geschah viel in den Dreißigerjahren, eine
neue Zeit war angebrochen. 1933 – ich war dreizehn Jahre
alt – fand das erste Backfischfest statt. Wir Kinder waren
begeistert. Endlich war wieder mal was in Worms los. Und
das noch dazu ganz in unserer Nähe. Das war herrlich! Die
Kisselswiese war zu einem großen Festplatz geworden. Den

Haupteingang am schrägen Weg, auf dem wir im Winter rodelten, zierte ein Tor aus Schilf, Binsen und Rauchkolben, das dem Backfischfestplatz einen eigenen Charakter, ein feierliches Flair gab. Auf dem großen Platz war alles vereint. Man brauchte nicht, wie bei anderen Messen so üblich, vom Nibelungenplatz aus über Juxplatz zum Marktplatz zu gehen, um den Rummel zu genießen.

Und was wurde auf diesem Festplatz alles geboten! Zwar gab es da auch unsere geliebte »Ketterteitschul« und Karussells, die wir kannten, doch es standen eine Menge neuer Fahrgeschäfte auf dem Platz. Buden mit Attraktionen, die einen ins Erstaunen versetzen konnten, säumten die Wege über den Platz. Über allem lag ein Duft von gegrillten Steaks, von Bratwürsten, Kartoffelpfannenkuchen und gebrannten Mandeln. Neu war ein Café »uff de Mess«. Wer damals in der Lage war, bei Kaffee und Kuchen das Treiben auf dem Festplatz aus dem zweiten Stock zu beobachten, der war zu beneiden. Das hatte es bis dato nicht gegeben.

Inzwischen waren wir größere Kinder geworden, durften nachmittags, wenn die Aufgaben gemacht waren, allein auf den Festplatz gehen. Unsere Eltern ließen uns in der Backfischfestwoche freien Lauf. Die paar Pfennige, die wir als »Messgeld« bekamen, drehten wir zigmal um, ehe wir sie ausgaben.

Neu für uns waren auch der Gesellentanz auf dem Marktplatz, die Bläser des Fanfarencorps in ihren traditionellen Uniformen, die Fahnenschwinger, das Fischerstechen und vor allen Dingen der lange Festzug, der sich wie ein Lindwurm zwischen den jubelnden Menschen durch die Straßen der Stadt schlängelte. Ich kenne noch genau die

Der Gesellentanz war nicht nur für uns eine der ganz großen Attraktionen des neuen Backfischfests.

Stelle, wo ich in der Ludwigstraße stand, um den Umzug, der etwas ganz Besonderes war, anzuschauen. Wenn mein Weg mich manchmal durch die Ludwigstraße führt, steht vor meinen Augen der Sonntag im August, an dem ich und meine Freundinnen den toll geschmückten Wagen und dem bunt bekleideten, fröhlich gestimmten Fußvolk zuwinkten. Die Menschen, die in Dreier- und Viererreihen die Straßen säumten, durch die sich der Festzug einen Weg zur Fischerweide bahnte, waren ausgelassen fröhlich. Sobald im Festzug eine Lücke entstand, tanzten sie auf der Straße.

Die Wormser säumten das Rheinufer, als das Ernteschiff auf dem Rhein seine Bahnen zog – und schwankte, aber nicht kenterte!

Doch nicht nur der Umzug und die Kisselswiese hatte es uns angetan. Auf der »Fischerwääd« waren es die kleinen Häuschen mit ihren niedrigen Fensterbänken, die über und über geschmückt waren, die eine Anziehungskraft auf uns ausübten. Fast täglich zogen wir an den Häusern vorbei und entdeckten immer wieder was Neues, das in den Fischernetzen hing.

Auch an das Ernteschiff, das 1933, anlässlich des Erntedankfestes auf dem Rhein seine Bahnen zog, kann ich mich noch gut erinnern. Die Wormser säumten das Rheinufer zwischen Eisenbahnbrücke und der Rheinbrücke und jubelten den in bäuerlichen Trachten gekleideten Mädchen zu. Das Boot war so voll mit Obst und Gemüse beladen, dass man meinen könnte, es würde gleich mit seiner wertvollen Fracht untergehen, würde von den Wellen des Rheins, die die vorbeifahrende Berufsschifffahrt macht, verschlungen. Doch es zog ruhig seine Bahn, kam immer wieder, auch nach beängstigem Schwanken, ins Gleichgewicht und schaukelte vor den Augen der Zuschauer gemächlich stromabwärts. Noch nie zuvor hatte ich ein solch schön geschmücktes Schiff auf dem Rhein gesehen, obwohl ich täglich »unserm schääne Rhei« einen Besuch abstattete. Vom Ende der oberen Friesenstraße, in dem ich wohnte, hatte ich es nicht weit.

47

Da ich sehr früh schwimmen gelernt hatte, fühlte ich mich im Element Wasser sicher. Es gab zwar damals noch kein »Seepferdchen«, auf das heute die kleinen Schwimmer nach bestandener Prüfung stolz sein können, aber man konnte seinen Frei- und Rettungsschwimmer machen. Beides habe ich absolviert, sodass meine Eltern auch nichts dagegen hatten, wenn ich im offenen Rhein badete, so wie das früher viele Wormser taten.

Die unvergessene Geschichte von dem Tag, an dem ich meine Prüfung als Rettungsschwimmerin absolvierte, muss ich unbedingt erzählen! Im »Poseidon«, das seine Schwimmbecken im Floßhafen hatte, war die Prüfung. Wir mussten vollkommen bekleidet und mit Schuhen ins Wasser springen, so als müsste man unvermittelt einen Menschen retten. Da in den Dreißigerjahren das Geld immer noch knapp war, stimmte meine Mutter nicht zu, dass ich mit meinen Kleidern und Schuhen ins Wasser springe. Generell hatte sie nichts dagegen, dass ich meinen Rettungsschwimmerschein mache; sie hielt das sogar für gut. Deshalb machte sie sich Gedanken und entwickelte ein Idee.

Früher badeten viele Wormser auch im offenen Rhein.

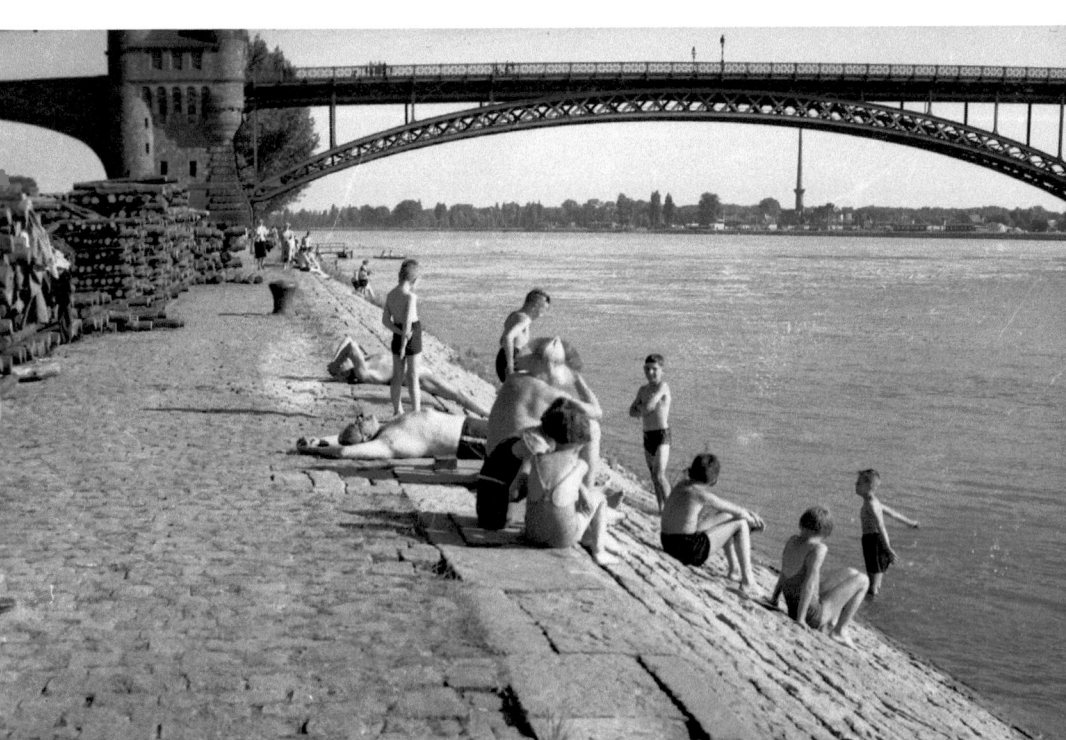

An dem Morgen des Prüfungstags ging ich mit einem Bündel, Rock und Schuhen zur Badeanstalt. Es war der Rock meiner Großmutter, die eine große, stattliche Frau war. Mir kleinem Mädchen ging er bis über die Füße hinaus. Mutti meinte, ich könne ihn ja beim Laufen hochhalten. Der Stoff war kräftig und schwer, dicht eingelesen, damit er genug Weite hatte, die überlappt, weil kein Verschluss vorgesehen war. Die Schuhe waren die schon etwas lädierten Winterstiefel meiner Mutter. Sie gingen mir über die Waden bis zum Knie. Der Schaft des Stiefels war auf der Vorderseite geöffnet, an den Rändern mit Haken versehen. Die Schnürsenkel wurden kreuzweise um die Haken gelegt und somit der Stiefelschaft geschlossen. Schon beim Umziehen in der Kabine ging die Lacherei los. Aber das Schlimmste kam noch. Wir wurden in Paare aufgeteilt: Eine musste den Ertrinkenden mimen, die andere ihn retten. Es war schon eine Tortur, bis ich mit meinem Outfit die Leiter geschafft hatte, die zum Sprungbrett führt. Unten, drei Meter tiefer, hielt sich der »tote Mann« mit Handwedeln über Wasser. Als das Zeichen »Springen« kam, nahm ich einen Anlauf zur Kante des Brettes und sprang. Mein weiter Rock ging auf wie ein Fallschirm, bedeckte die Ertrinkende und wickelte sich, als ich beim Wasser ankam, um meine Beine. In meinen Stiefeln machte es gluck-gluck; sie liefen mit Wasser voll und zogen mich, mitsamt meiner Freundin immer weiter unter Wasser. Nur mit kräftigem Strampeln konnte ich mich von dem schweren, nassen Stoff um meine Beine befreien, auftauchen und mit dem gelernten Griff den sich in Gefahr befindenden Menschen retten.

Die alles geschah unter dem Gelächter der Umstehenden. Ich hatte im Nachhinein gut Mitlachen, denn ich hatte die Prüfung bestanden. Im Zertifikat stand der Zusatz: »Unter schwersten Bedingungen«. Noch heute muss ich schmunzeln, wenn ich an dieses Ereignis zurückdenke.

48

Sommerzeit, Zeit der Ausflüge und Spaziergänge
Ein besonderes Ereignis war es jedes Jahr wieder, wenn meine Eltern die Sommerzeit beim »Kolbe-Gretche« unter schattigen Bäumen eröffneten. Da gab es ein gutes »Worschtebrot«, dicker belegt als bei Muttern zu Hause, und eine Limonade.

Im Sommer schickte die Sonne schon sehr früh ihre Strahlen durch das offene Fenster direkt auf mein Bett. Da hieß es für mich aufstehen und den Badeanzug anziehen. Der war aus schwarzem Baumwollstoff, hoch geschlossen und hatte an Hals, Armen und Beinen als Abschluss ein gelbes Bördchen. So ging ich fast täglich um die Ecke der Friesenstraße über den Nibelungenring an den Rhein. Je nachdem wie zeitig ich war, ging's ein Stück am Ufer entlang rheinaufwärts, um mich dann vom Wasser und den Wellen zu meinem Ausgangspunkt schaukeln zu lassen. Die

Morgensonne und die Luft nahmen mir die Tropfen von der Haut; sie waren mein Handtuch. Auf mich als echtes Wormser Mädchen passt das Lied, das heute noch an Fastnachtssitzungen bei der »Narrhalla« auf den »Wormser Star« gesungen wird: »Sei Waschlavor, des is de Rhoi, sei Handduch is de Sunneschei!« Doch das Morgenbad im Rhein machte auch müde. Nach meinem anschließenden, weiten Schulweg, der mich von der Friesenstraße aus über den Juxplatz durch die Anlage zur Neusatzschule führte, war ich so kaputt, dass ich hätte einschlafen können. Irgendwann gab ich es auf, mich – wie ich meinte – sportlich zu betätigen. Und wenn man älter wird, verliert so manches an Aktualität.

Die Zwanzigerjahre, in denen wir Kinder unbefangen auf der Straße spielten, liegen hinter uns. Wir waren älter geworden, fühlten uns erwachsener. Inzwischen hat die nationalsozialistische Regierung die Menschen in Deutschland fest im Griff. Auch wir Kinder sind eingebunden. Morgens vor Schulbeginn mussten wir uns klassenweise auf dem Schulhof zum Frühsport aufstellen. Ein Lehrer machte uns die Übungen vor, die wir gemeinsam nachmachten. Dieser Sport am Morgen sollte uns fit für den Tag machen. Anstatt morgens beim Schulbeginn »Guten Morgen« zu sagen, wenn der Lehrer oder die Lehrerin in den Schulsaal kam, mussten wir uns von den Bänken erheben. Nach dem Hitlergruß, ausgestreckter Arm und ein lautes »Heil Hitler«, konnte der Unterricht beginnen. Die Lehrkräfte waren angewiesen, uns mit dem Gedankengut der neuen Regierung vertraut zu machen.

Wer bei einer Klassenarbeit gute Noten hatte, bekam manchmal eine Freikarte fürs Kino, natürlich nicht für irgendeinen Film, sondern es wurde im Film gezeigt, wie gehässig die Gegner des Hitler-Regimes mit uns Jugendlichen umgehen. Wir waren entsetzt über das, was auf der Leinwand zu sehen war. Ich denke da an einen Film, dessen Titel ich zwar nicht mehr weiß, der mich aber besonders berührt hatte. Es ging um einen Jungen in der Uniform der Hitlerjugend, der unterwegs auf der Straße Kommunisten begegnete, die ihn schlugen und, als er am Boden lag, mit den Füßen traten. Er konnte sich befreien, davonrennen, doch die anderen verfolgten ihn. Er suchte ein Versteck. Auf einem Jahrmarkt schlüpfte er in den Kasten einer großen Orgel, wo er zwischen Hebeln, Rädern und vielem mehr kaum Platz fand. Man hörte im Film sein Herz schlagen, es war aufregend, man zitterte mit dem Hitlerjungen. Die Verfolger wollten gerade die Suche nach ihm einstellen, da berührte er in dem engen Versteck einen Mechanismus und die Orgel fing an zu spielen. Er war entdeckt, wurde zu Tode geprügelt. Es musste ja so etwas passieren, damit der Film seine Wirkung hatte. Mit solchen Filmen wurden wir Jugendliche konfrontiert. Ich sah mir niemals mehr einen Jugendfilm an, weil ich hinterher so traurig war.

Doch es gab auch einiges, am dem wir uns erfreuten. Das war unter anderem die Übung der freiwilligen Feuerwehr. Im Sommer, jeweils an einem Mittwoch im Monat, wurden diese Übungen durchgeführt. Das Geschehen zog viele Schaulustige an. Man konnte die ausziehbaren Leitern bestaunen, und die Männer und Buben interessierten sich ganz besonders für die Feuerwehrautos, die sie aufs Genauste inspizierten. Es wurde demonstriert, wie aus einem brennenden Haus Leute aus den oberen Stockwerken gerettet werden. Ganz Mutige unter den Zuschauern konnten sich freiwillig melden, um aus großer Höhe auf ein Sprungtuch zu springen. Sie bekamen einen ordentlichen Applaus. Darüber, ob wegen dieses Nervenkitzels das Bungee-Jumping erfunden wurde, machte sich in den Dreißigerjahren niemand Gedanken.

49

Und was geschah noch in den Dreißigerjahren? Der »Eintopfsonntag« wurde eingeführt. Einmal im Monat durfte kein Sonntagsessen auf den Tisch. Die Blockwarte, die als zuverlässige Parteimitglieder für ein paar Häuser zuständig waren, gingen in ihrem Bereich mit Sammelbüchsen von Wohnung zu Wohnung, um das Geld einzusammeln, das ein komfortables Mittagessen gekostet hätte. Wehe, wenn es da bei der einen oder anderen Familie nach Braten gerochen hätte! Eine Anzeige und die folgende Bestrafung wären programmiert gewesen. Deshalb nahmen die Bürger das notgedrungen in Kauf, taten das, was der »Führer« befahl.

Nach dem Motto Peitsche und Zuckerbrot wurde in den Dreißigerjahren für die arbeitende Bevölkerung einiges getan. Es gab »Kraft durch Freude«. In eigens dafür eingerichteten Häusern ermöglichte man den Berufstätigen einen dreiwöchigen, kostenlosen Urlaub. Auch Theatervorführungen, Singabende, Heimwerkerkurse, Fahrten ins Blaue und – wie man heute sagen würde – so manches Event wurde angeboten. Damit buhlte man um die Anerkennung des neuen Regimes. Die Veranstaltung am ersten Mai fand mit einem Aufmarsch auf der Kisselswiese statt. In Kolonnen, Mann bei Mann, standen die Parteigenossen in ihren SA- und SS-Uniformen stramm. Selbst die am Rande stehenden Zuschauer und auch wir Kinder mussten den Arm ausstrecken, Hitler zum Gruß.

Auch in den Dreißigerjahren reihen sich die Tage, Wochen und Monate aneinander und die Zeit vergeht. Als ich fünfzehn Jahre alt war, nahm mich mein Vater mit in die Stadtbibliothek, die mit anschließender Gemäldegalerie im ehemaligen Bergkloster untergebracht war. Hier stand mehr als eintausend Jahre lang das Kloster St. Andreas auf dem Berg. Es wurde 1804 aufgehoben und bis zum Jahre 1823 abgebrochen. Nikolaus Andreas Reinhart baute 1874 sein Palais Bergkloster an dieser Stelle. Ein Nachkomme, Fritz Reinhart van Gülden, stiftete 1933 das Palais seiner Heimatstadt Worms. Es wurde als Stadtbibliothek genutzt. Später kam eine Gemäldegalerie hinzu. Nach der Zerstörung 1945 erwarb das EWR das Grundstück und baute das Verwaltungsgebäude auf dem »Berg«.

Mit achtzehn hatte ich meinen ersten Kontakt mit dem Theater. Im Festhaus wurde der *Ring des Nibelungen* aufgeführt. Wie lange das Stück dauerte, weiß ich nicht, ich glaube, ich habe zwischendurch geschlafen. Es war aber auch zum Einschlafen! Wachgehalten oder aufgeweckt wurde man

Das Palais Bergkloster.

Von der Mutter »geputzt«, konnte ich mich getrost beim Sonntagsspaziergang im »Wäldchen« sehen lassen.

durch die in Abständen schallenden »Heil«-Rufe, die dem anwesenden Goebbels galten.

Doch für uns Kinder der Zwanzigerjahre gab es Schöneres zu erleben. Dazu verhalf uns wieder unser geliebter Rhein. Obwohl es drei Badeanstalten im Floßhafen, das städtische Bad und den »Fürst« im Rhein gab, zogen die Wormser an heißen Sommertagen und nach Arbeitsschluss an den Abenden in großen Scharen über den Rhein. Uns Kinder der Zwanzigerjahre, die wir ja Wasserratten waren und inzwischen Fahrräder hatten, konnte man auch dort finden, um rechtsrheinisch, wo Schafe auf den Rheinwiesen grasten, im Fluss zu schwimmen. Es bot sich ein buntes Bild. Die Fahrräder an den Stämmen der Pappeln angelehnt, die Kleider als Bündel daneben im Gras. Da hätte keiner dem anderen was weggenommen, obwohl man manchmal mehr als eine Stunde durch die Anschwimmerei unterwegs auf dem Wasser war. Auch Rudern war unser Sport, weil wir da Wasserberührung hatten. Wo heute das Naturfreundehaus steht, war zu unserer Jugendzeit das Klubhaus des Rudervereins, mit der Pritsche im Floßhafen. Dort lernten wir das Rudern. Was waren wir stolz, wenn wir auf dem Rhein ein Stück zu Berg schafften, um uns dann geruhsam zu Tal treiben zu lassen.

Wir Kinder der Zwanzigerjahre waren es gewohnt, von unserer Mutter sonntags geputzt zu werden. Das heißt, daß wir unsere Sonntagskleider anbekamen. So ist es auch noch bei uns Teenagern üblich. Ein Unterschied in der Kleiderfrage zwischen Werktag und Sonntag musste sein. Also gingen wir sonntags spazieren, mal zu dreien oder vieren, mal in einer großen Gruppe. Früher lagen die Ortschaften, die heute teilweise eingemeindet sind, ein Stück von der Stadt entfernt. Dazwischen befanden sich Wiesen und Felder. Die waren unser Ziel bei den Sonntagsspaziergängen. Wir wussten genau, wo die ersten Veilchen blühten, wo es Buschwindröschen gab und dass auf den Wiesen überm Rhein die schönsten Margeriten, mit großen, strahlend weißen Köpfen zu finden waren. Stolz trugen wir unsere Blumensträuße nach Hause. Wir hatten eine schöne, königsblaue Kugelvase aus Glas, in der der Margeritenstrauß besonders zur Geltung kam.

Im Sommer waren die Ährenfelder unser Ziel. Still und andächtig gingen wir auf den Feldwegen zwischen den schwankenden Halmen hindurch, deren Ende prallvoll gefüllte Ähren schmückten. Wenn der Sommerwind über die Felder strich, sah es aus, als wäre es ein Meer mit goldenen Wogen. Die schweren Köpfe der Ähren berührten sich, es war ein leises Raunen in der Luft, so als würden sie sich etwas zuflüstern. Zwischen den Halmen blühten Mohn, Kornblumen und Kornraden. Manchmal huschte ein winziges Mäuslein über den Feldweg, oder eine Lerche, die ihr Zuhause im Kornfeld hat, schwang sich in die Luft.

50

Jungmädchenerinnerungen, die haften bleiben, weil wir Kinder der Zwanzigerjahre nicht durch die modernen Medien von heute beeinflusst waren. Wir mussten uns selbst etwas einfallen lassen.

»Zum Licht empor mit klarem Blick, ein Vorwärts stets, nie ein Zurück.« So beginnt ein Spruch, der in meinem Poesiealbum steht. Den hatte ich mir zu eigen gemacht. Doch weil die Gedanken frei sind, gingen sie mit mir zurück in meine Kindheit und Jugendzeit. Viele Einzelheiten, die über Jahrzehnte schlummerten, sind von ihrem Dornröschenschlaf erwacht. Geschichten und Bilder, so wie wir

Kinder der Zwanzigerjahre die Zeit bis zu unserem Erwachsensein erlebten, habe ich versucht in diesem bescheidenen Buch niederzuschreiben. Vielleicht habe ich auch für manchen Leser die Vergangenheit zurückgeholt oder den jüngeren Lesern die Vergangenheit nähergebracht.

Ich danke sehr herzlich folgenden Personen, die mir privates Bildmaterial für dieses Buch zur Verfügung gestellt haben:

Herrn Hans-Peter Kolb

Frau Henny Schaffner geb. Klapdar, Tochter von Karl Klapdar, dem Sohn und Nachfolger des Wahrschauers Wilhelm Klapdar.

Außerdem danke ich Herrn Dr. Gerold Bönnen und dem Stadtarchiv Worms für die großzügige Überlassung von Bildern aus dem Fotoarchiv der Stadt.